告

何妨自恋 李清照词选

〔宋〕李清照 著

北京联合出版公司

目 录 contents

李清照

poetry

of

Li Qing Zhao

词·一

鹧鸪天

暗淡轻黄体性柔。
情疏迹远只香留。
何须浅碧深红色，
自是花中第一流。

梅定妒，菊应羞。
画阑开处冠中秋。
骚人可煞无情思，
何事当年不见收。

注

深：一作“轻”。

骚人：指屈原。

评

细审词意，终觉肤浅，当为少年时所作。（《李清照集笺注》）

词·二

怨王孙

湖上风来波浩渺。

秋已暮、红稀香少。

水光山色与人亲，

说不尽、无穷好。

莲子已成荷叶老。

青露洗、蘋花汀草。

眠沙鸥鹭不回头，

似也恨、人归早。

注

红稀香少："红""香"二字用颜色、气味代花。

青露：露水。

词·三

浣溪沙

莫许杯深琥珀浓。

未成沉醉意先融。

疏钟已应晚来风。

瑞脑香消魂梦断，

辟寒金小髻鬟松。

醒时空对烛花红。

注

琥珀：比喻色如琥珀的美酒。

疏钟：原本缺，据《乐府雅词》补。

瑞脑：香料名，又称龙脑、冰片。

辟寒金：此处指簪钗。据《拾遗记》载，昆明国有一种嗽金鸟，可以吐出粟米般的金屑。此鸟畏霜雪，为之筑屋曰“辟寒台”，所吐之金为“辟寒金”。宫人争相以鸟吐之金装饰钗佩，并传言：“不服辟寒金，那得帝王心？”

渔家傲

词·四

雪里已知春信至。
寒梅点缀琼枝腻。
香脸半开娇旖旎。
当庭际。玉人浴出新妆洗。

造化可能偏有意。
故教明月玲珑地。
共赏金尊沉绿蚁。
莫辞醉。此花不与群花比。

注

腻：丰腴。

绿蚁：本指酿酒时酒面上的浮沫，后代指美酒。

词·五

减字木兰花

卖花担上。

买得一枝春欲放。

泪染轻匀。

犹带彤霞晓露痕。

怕郎猜道。

奴面不如花面好。

云鬓斜簪。

徒要教郎比并看。

作于建中靖国元年（1101），时新婚不久。

注

泪：指露珠形似眼泪。

词·六

浣溪沙

闺情

绣面芙蓉一笑开。
斜飞宝鸭衬香腮。
眼波才动被人猜。

一面风情深有韵，
半笺娇恨寄幽怀。
月移花影约重来。

注

斜飞宝鸭：炉中袅袅升起的香烟。宝鸭，指香炉。

评

摹写娇态，曲尽如画。（《古今女史》）

“眼波才动被人猜”……传神阿堵，已无剩美。（《填词杂说》）

易安“眼波才动被人猜”，矜持得妙；淑真“娇痴不怕人猜”，放诞得妙。均善于言情。（《莲子居词话》）

词·七

如梦令

昨夜雨疏风骤。

浓睡不消残酒。

试问卷帘人，

却道海棠依旧。

知否。知否。

应是绿肥红瘦。

约作于崇宁元年（1102），清照南渡之前。

注

绿肥红瘦：指草木正盛，花已残败的景象。

评

语新意隽，更有丰情。（《草堂诗余隽》）

《花间集》云：此调安顿二叠语最难。“知否，知否”，口气宛然。若他“人静，人静”“无寐，无寐”，便不浑成。（《古今词统》）

一问极有情，答以“依旧”，答得极澹，跌出“知否”二句来；而“绿肥红瘦”无限凄婉，却又妙在含蓄。短幅中藏无数曲折，自是圣于词者。（《蓼园词选》）

词·八

怨王孙

春暮

帝里春晚，重门深院。

草绿阶前，暮天雁断。

楼上远信谁传。恨绵绵。

多情自是多沾惹，

难拚舍，又是寒食也。

秋千巷陌，人静皎月初斜，浸梨花。

注

此词一作秦观词。

帝里：京城。

评

以“多情”接“恨绵绵”，何组织之工！（《草堂诗余隽》）

“皎月”“梨花”本是平平，得一“浸”字，妙绝千古。（《花草蒙拾》）

词·九

一剪梅

红藕香残玉簟秋。
轻解罗裳，独上兰舟。
云中谁寄锦书来，
雁字回时，月满西楼。

花自飘零水自流。
一种相思，两处闲愁。
此情无计可消除，
才下眉头，却上心头。

作于崇宁二年（1103），独居帝里，思念明诚。

注

玉簟：竹席。

轻解：轻挽、轻提之意。

评

此词颇尽离别之情。语意飘逸，令人省目。（《草堂诗余评林》）

惟“锦书”“雁字”不得将情传去，所以“一种相思”，眉头心头，在在难消。（《草堂诗余隽》）

起七字秀绝，真不食人间烟火者。（《云韶集》）

词·十

玉楼春

红酥肯放琼苞碎，
探著南枝开遍未。
不知酝藉几多香，
但见包藏无限意。

道人憔悴春窗底。
闷损阑干愁不倚。
要来小酌便来休，
未必明朝风不起。

注

红酥：代指红梅。

南枝：南枝向阳，梅花先开。

评

咏物诗最难工，而梅尤不易……李易安词“要来小酌便来休，未必明朝风不起”，皆得此花之神。（《静志居诗话》）

庆清朝

词·十一

禁幄低张，彤阑巧护，就中独占残春。
容华淡伫，绰约俱见天真。
待得群花过后，一番风露晓妆新。
妖娆艳态，妒风笑月，长殢东君。

东城边，南陌上，正日烘池馆，竞走香轮。
绮筵散日，谁人可继芳尘。
更好明光宫殿，几枝先近日边匀。
金尊倒，拚了尽烛，不管黄昏。

注

禁幄：禁苑中张设的帷幕，有护花之用。

殢：有纠缠不清之意。

明光宫：汉代宫殿名，此处借指汴京宋宫。

日边：比喻在皇帝左右。

评

此词上阕咏芍药，下阕写郊游盛况，一片承平气象。（《李清照集笺注》）

词·十二

行香子

草际鸣蛩，惊落梧桐。

正人间、天上愁浓。

云阶月地，关锁千重。

纵浮槎来，浮槎去，不相逢。

星桥鹊驾，经年才见。

想离情、别恨难穷。

牵牛织女，莫是离中。

甚霎儿晴，霎儿雨，霎儿风。

注

蛩：蟋蟀。

云阶：天宫。

浮槎：往来于天河和海上的木筏。

词·十三

南歌子

天上星河转，人间帘幕垂。

凉生枕簟泪痕滋。

起解罗衣、聊问夜何其。

翠贴莲蓬小，金销藕叶稀。

旧时天气旧时衣。

只有情怀、不似旧家时。

约作于大观元年（1107），时居青州。

注

夜何其：语自《诗经·小雅·庭燎》："夜如何其？夜未央。"

"翠贴"二句：指衣服上的贴绣，因久穿而不复鲜亮。

旧家：从前。

词·十四

多丽

咏白菊

小楼寒，夜长帘幕低垂。

恨萧萧、无情风雨，夜来揉损琼肌。

也不似、贵妃醉脸，也不似、孙寿愁眉。

韩令偷香，徐娘傅粉，莫将比拟未新奇。

细看取、屈平陶令，风韵正相宜。

微风起，清芬酝藉，不减酴醿。

渐秋阑、雪清玉瘦，向人无限依依。

似愁凝、汉皋解佩，似泪洒、纨扇题诗。

朗月清风，浓烟暗雨，天教憔悴度芳姿。

纵爱惜、不知从此，留得几多时。

人情好，何须更忆，泽畔东篱。

注

贵妃醉脸：此处指牡丹。李正封《咏牡丹》有“天香夜染衣，国色朝酣酒”之句，唐玄宗认为杨贵妃醉酒后的样子，如诗中的牡丹一般动人娇艳。

孙寿愁眉：东汉权臣梁冀之妻孙寿，娇俏动人，善作愁眉、啼妆、堕马髻、折腰步，以为媚惑。

韩令偷香：韩令即韩寿，晋代有名的美男子。被上官贾充之女贾午看上，午让奴婢请韩令半夜翻墙入内幽会，并私赠皇上赐给贾充的西域奇香。贾充得知后，将韩寿收作女婿。

汉皋解佩：相传周代郑交甫于汉皋遇见两位女子，请二女解佩珠以作纪念，并藏入怀中。往前走几步，伸手入怀一摸，发现珠子已失，二女也不见踪影。

评

“纵爱惜，不知从此，留得几多时”三句最佳，所谓传神阿堵，一笔凌空，通篇俱活。（《珠花簃词话》）

词·十五

如梦令

常记溪亭日暮。

沉醉不知归路。

兴尽晚回舟，

误入藕花深处。

争渡。争渡。

惊起一滩鸥鹭。

约作于大观二年（1108），时居青州。

注

鸥鹭：泛指水鸟。

评

矫拔空灵，极见襟度之开拓。（《漱玉词叙论》）

词・十六

忆秦娥

临高阁。

乱山平野烟光薄。

烟光薄。

栖鸦归后，暮天闻角。

断香残酒情怀恶。

西风催衬梧桐落。

梧桐落。

又还秋色，又还寂寞。

注

角：画角，古代乐器名，相传创自黄帝。发音哀厉高亢，古时军中常在黎明、黄昏之时吹奏，以报昏晓，振奋士气。

词·十七

醉花阴

薄雾浓云愁永昼。
瑞脑销金兽。
佳节又重阳，
玉枕纱厨，半夜凉初透。

东篱把酒黄昏后。
有暗香盈袖。
莫道不消魂，
帘卷西风，人似黄花瘦。

约作于大观二年（1108），赵明诚出游，清照独居青州。

注

金兽：金属兽形香炉。

似：一作“比”。

评

但知传诵结语，不知妙处全在“莫道不消魂”。（《词的》）

无一字不秀雅。深情苦调，元人词曲往往宗之。（《云韶集》）

凤凰台上忆吹箫

香冷金猊，被翻红浪，起来人未梳头。

任宝奁闲掩，日上帘钩。

生怕闲愁暗恨，多少事、欲说还休。

今年瘦，非干病酒，不是悲秋。

明朝，这回去也，千万遍阳关，也即难留。

念武陵春晚，云锁重楼。

记取楼前绿水，应念我、终日凝眸。

凝眸处，从今更数，几段新愁。

约作于大观三年（1109），赵明诚出游，清照作词思之。

注

金猊：又称狻猊、金狮等，龙生九子之一，形似狮，性好火烟，多立于香炉盖上。

人未：一作“慵自”。

闲掩：一作“尘满”。

闲愁暗恨：一作“离怀别苦”。

今年：一作“新来”。

明朝：一作“休休”。

即：一作“则”。

“念武陵”二句：一作“念武陵人远，烟锁秦楼”。

“记取”二句：一作“惟有楼前流水”。

“凝眸”三句：一作“凝眸处，从今又添，一段新愁”。

评

出语自然，无一字不佳。（《词的》）

满楮情至语，岂是口头禅。（《词菁》）

写出一种临别心神，而新瘦新愁，真如秦女楼头，声声有和鸣之奏。（《草堂诗余隽》）

词·十九

浣溪沙

小院闲窗春色深。

重帘未卷影沉沉。

倚楼无语理瑶琴。

远岫出山催薄暮，

细风吹雨弄轻阴。

梨花欲谢恐难禁。

评

（“远岫”句）景语！丽语！（《草堂诗余》）

写出闺妇心情，在此数语。（《便读草堂诗余》）

雅练！“欲谢”“难禁”，淡语中致语。（《草堂诗余正集》）

浣溪沙

词·二十

髻子伤春慵更梳。

晚风庭院落梅初。

淡云来往月疏疏。

玉鸭熏炉闲瑞脑，

朱樱斗帐掩流苏。

通犀还解辟寒无。

约作于政和五年（1115），时赵明诚外出搜求古文碑刻，清照作此抒闺情。

注

通犀：指帐上镇帷犀。犀，指犀牛角，中有白线贯通两端，也称“通天犀”。

评

话头好。（《草堂诗余续集》）

闺秀词惟清照最优，究苦无骨。存一篇尤清出者。（《介存斋论词杂著》）

易安居士独此篇有唐调，选家炉冶，遂标此奇。（《复堂词话》）

词·二十一

点绛唇

闺思

寂寞深闺，

柔肠一寸愁千缕。

惜春春去。

几点催花雨。

倚遍阑干，

只是无情绪。

人何处。

连天衰草，

望断归来路。

约作于政和六年（1116），赵明诚出游，清照思之。

评

草满长途，情人不归，空搅寸肠耳。（《类选笺释草堂诗余》）

简当。（《草堂诗余续集》）

情词并胜，神韵悠然。（《云韶集》）

词·二十二

念奴娇

春情

萧条庭院，

又斜风细雨，重门须闭。

宠柳娇花寒食近，种种恼人天气。

险韵诗成，扶头酒醒，别是闲滋味。

征鸿过尽，万千心事难寄。

楼上几日春寒，

帘垂四面，玉阑干慵倚。

被冷香消新梦觉，不许愁人不起。

清露晨流，新桐初引，多少游春意。

日高烟敛，更看今日晴未。

注

扶头酒：酒性较烈、易使人醉的酒。

评

苦境，亦实境。（《词菁》）

“宠柳娇花”，新丽之甚。（《古今词统》）

李易安“被冷香消新梦觉，不许愁人不起”“守著窗儿，独自怎生得黑”，皆用浅俗之语，发清新之思，词意并工，闺情绝调。（《金粟词话》）

蝶恋花

暖日晴风初破冻。
柳眼梅腮，已觉春心动。
酒意诗情谁与共。
泪融残粉花钿重。

乍试夹衫金缕缝。
山枕斜敧，枕损钗头凤。
独抱浓愁无好梦。
夜阑犹剪灯花弄。

约作于宣和三年（1121），时赵明诚知莱州，李清照经昌乐赴莱州。

注

山枕：两端隆起、中间底凹之枕。

评

写景之工者，如尹鹗“尽日醉寻春，归来月满身”、李重光“酒恶时拈花蕊嗅”、李易安“独抱浓愁无好梦，夜阑犹剪灯花弄”、刘潜夫“贪与萧郎眉语，不知舞错《伊州》”，皆入神之句。（《皱水轩词筌》）

蝶恋花

词·二十四

泪湿罗衣脂粉满。

四叠阳关，唱到千千遍。

人道山长山又断。

萧萧微雨闻孤馆。

惜别伤离方寸乱。

忘了临行，酒盏深和浅。

好把音书凭过雁。

东莱不似蓬莱远。

注

方寸乱：比喻心绪乱。典出《三国志》。徐庶之母为曹操所获，徐庶因此辞别刘备，指其心道："本想与将军共图霸业，以此方寸之地。今日失去母亲，方寸乱矣，请就此告别。"

东莱：莱州，时赵明诚知莱州。

词·二十五

蝶恋花

上巳召亲族

永夜恹恹欢意少。

空梦长安，认取长安道。

为报今年春色好。

花光月影宜相照。

随意杯盘虽草草。

酒美梅酸，恰称人怀抱。

醉莫插花花莫笑。

可怜春似人将老。

注

恹恹：精神不振的样子。

草草：比喻酒食简单。

小重山

词·二十六

春到长门春草青。

江梅些子破，未开匀。

碧云笼碾玉成尘。

留晓梦，惊破一瓯春。

花影压重门。

疏帘铺淡月，好黄昏。

二年三度负东君。

归来也，著意过今春。

注

碧云：指青绿色的团茶。

一瓯春：指一盏茶。

东君：司春之神。

词 · 二十七

添字丑奴儿

窗前谁种芭蕉树，阴满中庭。

阴满中庭。

叶叶心心，舒卷有余情。

伤心枕上三更雨，点滴霖霪。

点滴霖霪。

愁损北人，不惯起来听。

约作于建炎二年（1128），时李清照居江宁。

注

霖霪：连绵不停的雨。

词·二十八

鹧鸪天

寒日萧萧上锁窗。
梧桐应恨夜来霜。
酒阑更喜团茶苦，
梦断偏宜瑞脑香。

秋已尽，日犹长。
仲宣怀远更凄凉。
不如随分尊前醉，
莫负东篱菊蕊黄。

注

团茶：指茶饼。

仲宣：王粲，字仲宣，东汉末年文学家，“建安七子”之一。善诗赋，尤以《登楼赋》著称。

怀远：怀念故土。

词·二十九

诉衷情

夜来沉醉卸妆迟，梅萼插残枝。

酒醒熏破春睡，梦远不成归。

人悄悄，月依依，翠帘垂。

更挼残蕊，更捻余香，更得些时。

注

挼：揉搓。

评

《漱玉词》屡用叠字，“寻寻觅觅，冷冷清清，凄凄惨惨戚戚”，最为奇创。又“庭院深深深几许”，又“更挼残蕊，更捻余香，更得些时”……叠法各异，每叠必佳，皆是天籁，肆口而成，非作意为之也。（《漱玉词笺》）

词·三十

菩萨蛮

归鸿声断残云碧。

背窗雪落炉烟直。

烛底凤钗明。

钗头人胜轻。

角声催晓漏。

曙色回牛斗。

春意看花难。

西风留旧寒。

注

人胜：人形饰物。《荆楚岁时记》："正月七日为人日，以七种菜为羹，剪彩为人，或镂金箔为人，以贴屏风，亦戴之头鬓。又造华胜以相遗，登高赋诗。"

临江仙

词 · 三十一

庭院深深深几许，

云窗雾阁常扃。

柳梢梅萼渐分明。

春归秣陵树，人客远安城。

感月吟风多少事，

如今老去无成。

谁怜憔悴更凋零。

试灯无意思，踏雪没心情。

欧阳公作《蝶恋花》，有“深深深几许”之句，予酷爱之。用其语作“庭院深深”数阕，其声即旧《临江仙》也。

注

扃：关门。

远安：一作“建康”。

试灯：旧时农历正月十五元宵节，张灯结彩以祈丰年，未到元宵节而张灯预赏，称为试灯。

评

欧阳文忠《蝶恋花》“庭院深深”阕，柔情回肠，寄艳醉魄。非文忠不能作，非易安不许爱。（《漱玉词笺》）

词·三十二

临江仙

梅

庭院深深深几许，

云窗雾阁春迟。

为谁憔悴损芳姿。

夜来清梦好，应是发南枝。

玉瘦檀轻无限恨，

南楼羌管休吹。

浓香吹尽有谁知。

暖风迟日也，别到杏花肥。

注

玉瘦檀轻：形容梅花开始萎谢。

吹：一作“开”。

词 · 三十三

浣溪沙

淡荡春光寒食天。
玉炉沉水袅残烟。
梦回山枕隐花钿。

海燕未来人斗草，
江梅已过柳生绵。
黄昏疏雨湿秋千。

注

淡荡：和煦的样子。

沉水：沉香。

斗草：又称斗百草。《荆楚岁时记》载："五月五日，谓之浴兰节。四民并踏百草……又有斗百草之戏。"

江梅：梅的品种之一，多生南方。

评

"黄昏疏雨湿秋千"，可与"丝雨湿流光""波底夕阳红湿"，"湿"字争胜。（《蓼园词选》）

词·三十四

摊破浣溪沙

病起萧萧两鬓华，
卧看残月上窗纱。
豆蔻连梢煎熟水，莫分茶。

枕上诗书闲处好，
门前风景雨来佳。
终日向人多酝藉，木犀花。

约作于建炎三年（1129），明诚卒，清照大病。

注

分茶：宋时流行的一种高超的沏茶技艺，使茶汤形成图案、文字等形象。

木犀花：桂花。

孤雁儿

词·三十五

藤床纸帐朝眠起。

说不尽、无佳思。

沉香断续玉炉寒，伴我情怀如水。

笛里三弄，梅心惊破，多少春情意。

小风疏雨萧萧地。

又催下、千行泪。

吹箫人去玉楼空，肠断与谁同倚。

一枝折得，人间天上，没个人堪寄。

世人作梅词，下笔便俗。予试作一篇，乃知前言不妄耳。

注

纸帐：用藤皮茧纸缝制成的床帐，帐上常绘梅花、蝴蝶等。

笛里三弄：用笛子吹奏《梅花三弄》。

词 · 三十六

清平乐

年年雪里。

常插梅花醉。

挼尽梅花无好意。

赢得满衣清泪。

今年海角天涯。

萧萧两鬓生华。

看取晚来风势，

故应难看梅花。

注

难看：难以见到。

词·二十七

渔家傲

天接云涛连晓雾。

星河欲转千帆舞。

仿佛梦魂归帝所。

闻天语。殷勤问我归何处。

我报路长嗟日暮。

学诗谩有惊人句。

九万里风鹏正举。

风休住。蓬舟吹取三山去。

约作于建炎四年（1130），金人入侵，清照追随高宗辗转浙东。

评

有出世之想，笔意矫变。此亦无改适事一证也。（《词则·别调集》）

此似不甚经意之作，却浑成大雅，无一毫钗粉气，自是北宋风格。（《蓼园词选》）

菩萨蛮

词·三十八

风柔日薄春犹早。

夹衫乍著心情好。

睡起觉微寒。

梅花鬓上残。

故乡何处是。

忘了除非醉。

沉水卧时烧。

香消酒未消。

评

“沉水卧时烧，香消酒未消”，亦宕开，亦束住，何等蕴藉。（《漱玉词笺》）

词·三十九

好事近

风定落花深，

帘外拥红堆雪。

长记海棠开后，

正是伤春时节。

酒阑歌罢玉尊空，

青缸暗明灭。

魂梦不堪幽怨，

更一声啼鴂。

注

青缸：油灯。

鸩：鵾鸩、鹈鸩，杜鹃之属。此处应指杜鹃。

词·四十

长寿乐

南昌生日

微寒应候。望日边六叶，阶蓂初秀。

爱景欲挂扶桑，漏残银箭，杓回摇斗。

庆高闳此际，掌上一颗明珠剖。

有令容淑质，归逢佳偶。

到如今，昼锦满堂贵胄。

荣耀，文步紫禁，一一金章绿绶。

更值棠棣连阴，虎符熊轼，夹河分守。

况青云咫尺，朝暮重入承明后。

看彩衣争献，兰羞玉酎。

祝千龄，借指松椿比寿。

注

阶蓂：又名“历荚”，传说是一种瑞草。初一至十五，每日结一荚；十六至月终，每日落一荚。据荚数多少，可知日期。

爱景：指冬日。

杓：北斗七星的第五、六、七颗，又称“斗柄”。

高闳：高大的门，此处指代显贵。

昼锦：衣锦还乡。《汉书·项籍传》：“富贵不归故乡，如衣锦夜行。”

棠棣：兄弟。

熊轼：伏熊形的车前横木。此处指有熊轼的车，多为显贵所乘。

兰羞玉酎：美食和美酒。

词·四十一

武陵春

春晚

风住尘香花已尽，

日晚倦梳头。

物是人非事事休。

欲语泪先流。

闻说双溪春尚好，

也拟泛轻舟。

只恐双溪舴艋舟。

载不动、许多愁。

约作于绍兴五年（1135），时居金华。

注

舴艋：小舟。

评

物是人非，睹物宁不伤感？（《草堂诗余评林》）

未语先泪，此怨莫能载矣。景物尚如旧，人情不似初，言之于邑，不觉泪下。（《草堂诗余隽》）

又凄婉，又劲直。观此，益信易安无再适张汝舟事，即风人“岂不尔思，畏人之多言”意也。（《白雨斋词话》）

词·四十二

转调满庭芳

芳草池塘，绿阴庭院，晚晴寒透窗纱。
玉钩金锁，管是客来唦。
寂寞尊前席上，惟愁、海角天涯。
能留否，酴醿落尽，犹赖有梨花。

当年，曾胜赏，生香薰袖，活火分茶。
极目犹龙骄马，流水轻车。
不怕风狂雨骤，恰才称、煮酒残花。
如今也，不成怀抱，得似旧时那。

注

本词多处缺字，据《乐府雅词》补。

管是：准是。

吵：语气助词，相当于“啊”。

酴醿：荼蘼花。

生香：上等麝香。

活火：明火，有焰的火。

永遇乐

词·四十三

落日熔金，暮云合璧，人在何处。

染柳烟浓，吹梅笛怨，春意知几许。

元宵佳节，融和天气，次第岂无风雨。

来相召，香车宝马，谢他酒朋诗侣。

中州盛日，闺门多暇，记得偏重三五。

铺翠冠儿，捻金雪柳，簇带争济楚。

如今憔悴，风鬟霜鬓，怕见夜间出去。

不如向，帘儿底下，听人笑语。

注

次第：转眼间。

三五：十五，即元宵节。

济楚：整洁、美丽，宋时口语。

评

以俚词歌于坐花醉月之际，似乎击缶韶外，良可叹也！（《词源》）

词·四十四

摊破浣溪沙

揉破黄金万点轻，

剪成碧玉叶层层。

风度精神如彦辅，大鲜明。

梅蕊重重何俗甚，

丁香千结苦粗生。

熏透愁人千里梦，却无情。

注

彦辅：西晋名士乐广。典出《晋书·乐广传》："此人之水镜，见之莹然，若披云雾而睹青天也。"

大：一作"太"。

声声慢

词·四十五

寻寻觅觅，冷冷清清，凄凄惨惨戚戚。

乍暖还寒时候，最难将息。

三杯两盏淡酒，怎敌他、晓来风急。

雁过也，正伤心，却是旧时相识。

满地黄花堆积，憔悴损，如今有谁忺摘。

守著窗儿，独自怎生得黑。

梧桐更兼细雨，到黄昏、点点滴滴。

这次第，怎一个、愁字了得。

约作于绍兴十七年（1147），写国破家亡、晚年孀居之惨戚。

注

将息：保养休息。

晓：一作“晚”。

忺：欲，想要。一作“堪”。

次第：景况。

评

连用十四叠字，后又四叠字，情景婉绝，真是绝唱。后人效颦，便觉不妥。（《词的》）

予少时和唐宋词三百阕，独不敢次“寻寻觅觅”一篇，恐为妇人所笑。（《填词杂说》）

此首纯用赋体，写竟日愁情，满纸呜咽。（《唐宋词简释》）

一个愁字不能了，故有十四叠字，十四个叠字不能了，故有全首。总由生活痛苦，不得不吐而出之，绝非无此生活而凭空想写作可比也。（《唐五代两宋词简析》）

词·四十六

瑞鹧鸪

双银杏

风韵雍容未甚都，
尊前甘橘可为奴。
谁怜流落江湖上，
玉骨冰肌未肯枯。

谁教并蒂连枝摘，
醉后明皇倚太真。
居士擘开真有意，
要吟风味两家新。

注

都：美好。

“尊前”句：典出《三国志》：汉末李衡为官清廉，晚年派人于武陵龙阳汜洲种柑橘千株。临死，对其子说：“汝母恶我治家，故穷如是。然吾州里有千头木奴，不责汝衣食，岁上一匹绢，亦可足用耳。”

词·四十七

满庭霜

小阁藏春，闲窗锁昼，画堂无限深幽。

篆香烧尽，日影下帘钩。

手种江梅更好，又何必、临水登楼。

无人到，寂寥浑似，何逊在扬州。

从来，知韵胜，难堪雨藉，不耐风柔。

更谁家横笛，吹动浓愁。

莫恨香消雪减，须信道、扫迹情留。

难言处，良宵淡月，疏影尚风流。

注

满庭霜：即“满庭芳”。

篆香：唐宋时将香料做成篆文形状，将十二时辰划分为一百个刻度，燃一昼夜，可作计时之器，故又称百刻香。同时还有驱蚊等作用，在民间广泛流传。

词・四十八

失调名

犹将歌扇向人遮。

水晶山枕象牙床。

彩云易散月长亏。

几多深恨断人肠。

罗衣消尽恁时香。

闲愁也似月明多。

直送凄凉到画屏。

注

山枕：枕头。

罗衣：轻软的丝织品制成的衣服。

点绛唇

词·四十九

蹴罢秋千，

起来慵整纤纤手。

露浓花瘦，

薄汗轻衣透。

见有人来，

袜刬金钗溜。

和羞走，倚门回首，

却把青梅嗅。

注

存疑词作。此词一作苏轼词，一作无名氏词。

蹴：踏。

袜刬：只穿袜子走路，形容惊慌之状。

评

曲尽情悰。（《续选草堂诗余》）

片时意态，淫夷万变。美人则然，纸上何遽能尔。（《草堂诗余续集》）

词·五十

青玉案

一年春事都来几，早过了、三之二。

绿暗红嫣浑可事。

绿杨庭院，暖风帘幕，有个人憔悴。

买花载酒长安市，又争似家山见桃李。

不枉东风吹客泪。

相思难表，梦魂无据，惟有归来是。

注

此词一作欧阳修词。

评

离思黯然。（《草堂诗余》）

词·五十一

殢人娇

后庭梅花开有感

玉瘦香浓，檀深雪散。
今年恨、探梅又晚。
江楼楚馆，云闲水远。
清昼永、凭阑翠帘低卷。

坐上客来，尊前酒满。
歌声共、水流云断。
南枝可插，更须频剪。
莫直待、西楼数声羌管。

注

此词一作无名氏词。

青玉案

词·五十二

征鞍不见邯郸路，莫便匆匆归去。

秋风萧条何以度。

明窗小酌，暗灯清话，最好留连处。

相逢各自伤迟暮。犹把新词诵奇句。

盐絮家风人所许。

如今憔悴，但余双泪，一似黄梅雨。

注

此词一作无名氏词。

邯郸：邯郸，地名，今河北邯郸市。世传吕洞宾黄粱一梦之处，即在邯郸。

盐絮：典出《世说新语》。一日，东晋太傅谢安跟子侄辈讲论诗文，突然天降大雪，谢安问："白雪纷纷何所似？"侄子谢朗答"撒盐空中差可拟"，侄女谢道韫则回"未若柳絮因风起"。后世以盐絮比喻诗才。

浪淘沙

词 · 五十三

帘外五更风，吹梦无踪。

画楼重上与谁同。

记得玉钗斜拨火，宝篆成空。

回首紫金峰，雨润烟浓。

一江春浪醉醒中。

留得罗襟前日泪，弹与征鸿。

注

此词一作无名氏词。

评

“吹梦”奇，幻想异妄。（《草堂诗余续集》）

雁传书事，化得新奇。（《古今词统》）

凄艳不忍卒读，情词凄绝，多少血泪！（《云韶集》）

词·五十四

怨王孙

梦断、漏悄，愁浓、酒恼。

宝枕生寒，翠屏向晓。

门外谁扫残红。夜来风。

玉箫声断人何处。

春又去，忍把归期负。

此情此恨，此际拟托行云，问东君。

注

此词一作无名氏词。

评

形容春暮，情词俱到。以风扫残红，妙在此句。（《草堂诗余评林》）

风扫残红，何等空寂！一结无限情恨，犹有意味。（《草堂诗余隽》）

生查子

词·五十五

年年玉镜台，

梅蕊宫妆困。

今岁未还家，

怕见江南信。

酒从别后疏，

泪向愁中尽。

遥想楚云深，

人远天涯近。

注

此词一作朱淑真词。

评

曲尽无聊之况。是至情，是至语。（《古今女史》）

词·五十六

丑奴儿

晚来一阵风兼雨，

洗尽炎光。

理罢笙簧，

却对菱花淡淡妆。

绛绡缕薄冰肌莹，

雪腻酥香。

笑语檀郎，

今夜纱厨枕簟凉。

注

此词一作康与之词。

菱花：泛指铜镜。

檀郎：情郎。

浪淘沙

词·五十七

素约小腰身，不奈伤春。

疏梅影下晚妆新。

袅袅娉娉何样似，一缕轻云。

歌巧动朱唇，字字娇嗔。

桃花深径一通津。

怅望瑶台清夜月，还送归轮。

注

此词一作赵子发词。

素约小腰身：典出《洛神赋》："肩若削成，腰如约素。"

送：一作"照"。

评

"约"字清妙，远胜"束"字。（《古今词话》）

"不奈""娇嗔"，的确，描就一个娇娃。（《草堂诗余正集》）

鹧鸪天

词·五十八

枝上流莺和泪闻。
新啼痕间旧啼痕。
一春鱼鸟无消息，
千里关山劳梦魂。

无一语，对芳樽。
安排肠断到黄昏。
甫能炙得灯儿了，
雨打梨花深闭门。

注

此词一作无名氏词。

评

新痕间旧痕，一字一血。（《草堂诗余隽》）

“安排肠断”二句，十二时中无间矣，深于闺怨者。（《草堂诗余正集》）

孤臣思妇，同难为情。“雨打梨花”句含蓄得妙，超诣也。（《蓼园词选》）

词·五十九

菩萨蛮

闺情

绿云鬓上飞金雀。

愁眉翠敛春烟薄。

香阁掩芙蓉。

画屏山几重。

窗寒天欲曙。

犹结同心苣。

啼粉污罗衣。

问郎归几时。

注

此词一作牛峤词。

十八学士图（局部）

宋·佚名

后

何妨自恋　李商隐诗选

〔唐〕李商隐 著

北京联合出版公司

目录

contents

李商隐

poetry
of
Li Shang Yin

陈后宫

茂苑城如画，
阊门瓦欲流。
还依水光殿，
更起月华楼。

侵夜鸾开镜，
迎冬雉献裘。
从臣皆半醉，
天子正无愁。

注

阊门：即阊阖，传说中的天门，此处泛指宫门。

天子正无愁：北齐后主高纬荒淫昏庸，无心朝政，喜弹琵琶，曾作《无愁曲》，民间称其为“无愁天子”。

评

此诗极深于作用，自觉味在咸酸之外。（《义门读书记》）

五句，是无朝暮；六句，是无冬夏。君臣都在醉梦中，焉得不亡。（《李义山诗集笺注》）

不说出方有余味，方得讽刺体，此比兴所以高于赋也。（《李义山诗辨正》）

无题

二首（选一）其一

八岁偷照镜，
长眉已能画。
十岁去踏青，
芙蓉作裙衩。

十二学弹筝，
银甲不曾卸。
十四藏六亲，
悬知犹未嫁。
十五泣春风，
背面秋千下。

注

藏六亲：藏于深闺，回避男性亲属。

悬知：悬心揣测。

评

结得有情。（《历代诗发》）

高题摩空，如古乐府。（《李义山诗集辑评》）

义山一生，善作情语。此首乃追忆之词。逦迤写来，意注末两句。背面春风，何等情思，即“思公子兮未敢言”之意，而词特妍冶。（《李义山诗集笺注》）

初食笋呈座中

嫩箨香苞初出林，
於陵论价重如金。
皇都陆海应无数，
忍剪凌云一寸心。

注

箨：笋壳。

陆海：大片竹林。《汉书·地理志》：“秦地有鄠杜竹林，南山檀柘，号称陆海，为九州膏腴。”

评

怜才。（《李义山诗集辑评》）

此以知心望当事也。须知三千座客中，要求一个半个有心人绝少。（《李义山诗集笺注》）

皇都之剪食无数，谁惜此凌云一寸心乎？流落长安者可痛哭也。（《玉谿生诗意》）

宿骆氏亭寄怀崔雍崔衮

竹坞无尘水槛清，
相思迢递隔重城。
秋阴不散霜飞晚，
留得枯荷听雨声。

注

水槛：指临水有栏杆的亭轩。

评

寓情之意，全在言外。（《义门读书记》）

秋霜未降，荷叶先枯，多少身世之感。（《李义山诗集笺注》）

分明自己无聊，却就枯荷雨声渲出，极有余味。若说破雨夜不眠，转尽于言下矣。“秋阴不散”起“雨声”，“霜飞晚”起“留得枯荷”，此是小处，然亦见得不苟。（《玉谿生诗说》）

诗·五

夕阳楼

花明柳暗绕天愁，
上尽重城更上楼。
欲问孤鸿向何处，
不知身世自悠悠。

注

重城：高高的城楼。

评

夕阳不好说，此诗形容不着迹。孤鸿独飞，必是夕阳时。若只道身世悠悠，与孤鸿相似，意思便浅。“欲问”“不知”四字，无限精神。（《唐诗绝句类选》）

写客思之悲，怅惘无尽，使人黯然。（《唐人万首绝句选评》）

此诗神味极自然，绝不见有斧斫痕。（《李义山诗辨正》）

有感二首其一

九服归元化，三灵叶睿图。
如何本初辈，自取屈氂诛。
有甚当车泣，因劳下殿趋。
何成奏云物，直是灭萑苻。

证逮符书密，辞连性命俱。
竟缘尊汉相，不早辨胡雏。
鬼箓分朝部，军烽照上都。
敢云堪恸哭，未免怨洪炉。

注

九服：自京畿向外，每隔五百里为一服。这里指全国的疆土。

三灵：日、月、星。

叶：合。

屈氂：刘屈氂，汉武帝刘彻之侄，官至左丞相。与贰师将军李广利暗谋立昌邑王刘髆为太子，被宦官告发，腰斩于东市。

云物：云气之色。用以辨吉凶。

萑苻：盗贼，草寇。

鬼箓：登记死者的名册。

有感

二首其二

丹陛犹敷奏，彤庭欻战争。
临危对卢植，始悔用庞萌。
御仗收前殿，兵徒剧背城。
苍黄五色棒，掩遏一阳生。

作于开成元年，此二诗系为甘露之变而发。

古有清君侧，今非乏老成。
素心虽未易，此举太无名。
谁瞑衔冤目，宁吞欲绝声。
近闻开寿宴，不废用咸英。

注

五色棒：曹操任洛阳北部尉，曾“造五色棒，悬门左右，各十余枚，有犯禁者，不避豪强，皆棒杀之”。
咸英：《咸池》《六英》，前者是黄帝之乐，后者是帝喾之乐。此处指雅乐。

评

风切时事，诗典重有体。从老杜《伤春》等作得来。（《唐诗归》）
用意精严，立论婉挚，少陵“诗史”又何加焉。（《李义山诗集辑评》）
于甘露之变，感愤激烈，不同于众论。（《石园诗话》）

曲江

望断平时翠辇过，
空闻子夜鬼悲歌。
金舆不返倾城色，
玉殿犹分下苑波。

死忆华亭闻唳鹤，
老忧王室泣铜驼。
天荒地变心虽折，
若比阳春意未多。

注

华亭闻唳鹤：表达感慨生平，悔入仕途之意。《世说新语·尤悔》："陆平原河桥败，为卢志所谗，被诛。临刑叹曰：'欲闻华亭鹤唳，可复得乎！'"

泣铜驼：表示对国家命运的忧虑。《晋书·索靖传》："靖有先识远量，知天下将乱，指洛阳宫门铜驼，叹曰：'会见汝在荆棘中耳！'"

阳：一作"伤"。

评

首二句天宝、大和合起。三、四天宝，五、六大和。七、八合结，言曲江一片地，岂堪几番天荒地变哉！（《玉谿生诗意》）

通篇皆慨明皇贵妃之事，此为曲江感事诗，别无寄托也，深解者失之。（《李义山诗辨正》）

悲愤深曲，得老杜之神髓。（《唐宋诗举要》）

回中牡丹为雨所败二首其一

下苑他年未可追，
西州今日忽相期。
水亭暮雨寒犹在，
罗荐春香暖不知。

舞蝶殷勤收落蕊，
佳人惆怅卧遥帷。
章台街里芳菲伴，
且问宫腰损几枝。

注

罗荐：丝织的垫子、褥子。

不知：不可想望。

佳：一作“有”。

芳菲伴：指柳。

回中牡丹为雨所败二首其二

浪笑榴花不及春，
先期零落更愁人。
玉盘迸泪伤心数，
锦瑟惊弦破梦频。

万里重阴非旧圃，
一年生意属流尘。
前溪舞罢君回顾，
并觉今朝粉态新。

注

浪：徒，空。

玉盘：指白牡丹。

评

悲凉婉转，无限愁酸。（《玉谿生诗集笺注》）

通首皆婉恨语，凄然不忍卒读，必非艳情。（《玉谿生年谱会笺》）

十一月中旬至扶风界见梅花

匝路亭亭艳，
非时裛裛香。
素娥惟与月，
青女不饶霜。

赠远虚盈手，
伤离适断肠。
为谁成早秀，
不待作年芳。

注

非时：不合时宜。

褭褭：香气散发的样子。

“赠远”句：古有折梅赠远的风习。《荆州记》载：陆凯与范晔相善，自江南寄梅花一枝诣长安与晔，并赠花诗曰：“折花逢驿使，寄与陇头人。江南无所有，聊赠一枝春。”

评

此谓梅花最宜月，不畏霜耳。添用“素娥”“青女”四字，则谓月若私之而独怜，霜若挫之而莫屈者。亦奇。末句又似有所指云。（《瀛奎律髓》）

此伤所遇之非其时也。（《李义山诗集笺注》）

马嵬

二首（选一）其二

海外徒闻更九州，
他生未卜此生休。
空闻虎旅传宵柝，
无复鸡人报晓筹。

此日六军同驻马，
当时七夕笑牵牛。
如何四纪为天子，
不及卢家有莫愁。

注

宵柝：夜间巡逻时用以报更的木梆声。

鸡人：古代宫廷不得畜鸡，设有代替公鸡报晓的人。

六军同驻马：指马嵬坡事变。禁军驻马不前，要求诛杀杨氏兄妹。

评

义山诗，世人但称其巧丽，至与温庭筠齐名。盖俗学只见其皮肤，其高情远意皆不识也。（《苕溪渔隐丛话》）

纵横宽展，亦复讽叹有味。对仗变化生动，起联才如江海。……落句专责明皇，识见最高。（《义门读书记》）

一起括尽《长恨歌》。（《瀛奎律髓汇评》）

逐层逆叙，势极错综。“此生休”三字倏然落下，非杜诗无此笔力。（《唐三体诗评》）

戏赠张书记

别馆君孤枕，
空庭我闭关。
池光不受月，
野气欲沉山。

星汉秋方会，
关河梦几还。
危弦伤远道，
明镜惜红颜。
古木含风久，
平芜尽日闲。
心知两愁绝，
不断若寻环。

注

危弦：不平之悲音。

寻环：连续不断的环。

评

“池光”二语，写景森浑。（《增订评注唐诗正声》）

清雄独出，从工部脱胎得来。（《唐贤清雅集》）

赠别前蔚州契苾使君

何年部落到阴陵，
奕世勤王国史称。
夜卷牙旗千帐雪，
朝飞羽骑一河冰。

蕃儿襁负来青冢，
狄女壶浆出白登。
日晚鸊鹈泉畔猎，
路人遥识郅都鹰。

注

奕世：累世。

郅都鹰：形容有威慑力的人。郅都，西汉时人，曾为雁门太守，号曰“苍鹰”。

评

平远。（《唐诗评选》）

此等诗工丽得体，晚唐人独擅其胜，不独义山为然。（《李义山诗集辑评》）

落句以语尽意不尽为贵，如……李商隐“日晚鸊鹈泉畔猎，路人遥识郅都鹰”，……足为一代楷式。（《读雪山房唐诗序例》）

灞岸

山东今岁点行频，
几处冤魂哭虏尘。
灞水桥边倚华表，
平时二月有东巡。

注

点行：按名册强征服役。

华表：古代用以表示王者纳谏或指路的木柱。

评

伤时念乱之作。（《玉谿生诗意》）

以倒装见吐属之妙，若顺说则不成语矣，于此悟用笔之法。（《玉谿生诗说》）

赋得鸡

稻粱犹足活诸雏，
妒敌专场好自娱。
可要五更惊晓梦，
不辞风雪为阳乌。

注

妒敌专场：指斗鸡彼此敌视，都想压倒对方。

阳乌：传说太阳中有三足乌，喻指皇帝。

评

此叹禀性之不可移也。（《李义山诗集笺注》）

此亦感慨从事之作也。托之于鸡者，鸡有五德，自可擅场，徒为哺雏，恋人粱稻，犹己之为贫而从事也。然而辛苦五更，不辞风雪者，空为天上之阳乌耳，岂非如己之入幕，徒供在位者之驱策哉！（《重订李义山诗集笺注》）

幽居冬暮

羽翼摧残日，
郊园寂寞时。
晓鸡惊树雪，
寒鹜守冰池。

急景忽云暮，
颓年寖已衰。
如何匡国分，
不与夙心期。

注

急景：短促的时光。

匡：匡救。

夙心：平素的心愿。

评

急景颓年，致身料已无分，然夙志未尝忘也。（《李义山诗集笺注》）

无句可摘，而自然深至。此火候纯熟之后，非可以力强也。（《玉谿生诗说》）

诗·十八

春日寄怀

世间荣落重逡巡，
我独丘园坐四春。
纵使有花兼有月，
可堪无酒又无人。

作于会昌五年，闲居永乐期间。

青袍似草年年定，
白发如丝日日新。
欲逐风波千万里，
未知何路到龙津。

注

逡巡：急速。

青袍：唐八、九品官穿青袍。《古诗》有云：“青袍似春草。”

评

此诗稍平易，然自是少陵家法，与他手平易者迥别。（《唐音审体》）

清空如话，已为宋元人启径。（《李义山诗疏》）

落花

高阁客竟去，
小园花乱飞。
参差连曲陌，
迢递送斜晖。

肠断未忍扫，
眼穿仍欲归。
芳心向春尽，
所得是沾衣。

注

芳心：指花，也指看花人的爱惜之心。
沾衣：指落花沾在衣上，也指看花之人泪落沾衣。

评

全无脂粉气，真是艳诗好手。（《晚唐诗善鸣集》）
《落花》起句奇绝，通篇无实语，与《蝉》同，结亦奇。（《围炉诗话》）
首句如彩云从空而坠，令人茫然不知所为；结句如腊月二十三日夜听唱“你若无心我便休”，令人心死。（《唐诗成法》）

寄令狐郎中

会昌五年，闲居洛阳，旧友令狐绹来信问候，商隐以诗寄之。

嵩云秦树久离居，
双鲤迢迢一纸书。
休问梁园旧宾客，
茂陵秋雨病相如。

注

双鲤：书信夹在其中的鱼形木板，指代书信。

梁园：汉景帝时梁孝王的宫苑。

评

一唱三叹，格韵俱高。（《李义山诗集辑评》）

义山与令狐相知久。退闲以后，得来书而却寄以诗，不作乞怜语，亦不涉觖望语，鬓丝病榻，犹回首前尘，得诗人温柔悲悱之旨。（《诗境浅说续编》）

北齐二首其一

一笑相倾国便亡，
何劳荆棘始堪伤。
小怜玉体横陈夜，
已报周师入晋阳。

注

荆棘：《吴越春秋》载，夫差听谗，子胥垂涕曰："以曲为直，舍谗攻忠，将灭吴国：宗庙既夷，社稷不食，城郭丘墟，殿生荆棘。"

横陈：横卧。宋玉《讽赋》："内怵惕兮徂玉床，横自陈兮君之傍。"

评

故用极亵昵字，末句接下方有力。（《李义山诗集辑评》）

"便亡"字，"已报"字，令人读之竦然，垂戒深矣。（《诗法易简录》）

"横陈"二字见宋玉赋，古今以为艳语。（《秋窗随笔》）

北齐二首其二

巧笑知堪敌万几，
倾城最在著戎衣。
晋阳已陷休回顾，
更请君王猎一围。

注

巧笑：《诗·卫风·硕人》："巧笑倩兮，美目盼兮。"

"晋阳"二句：《北史·后妃传》："周师之取平阳，帝猎于三堆。晋州亟告急，帝将还。淑妃请更杀一围，帝从其言。"

评

有案无断，其旨更深。（《李义山诗集辑评》）

诗但述其事，不溢一词，而讽喻蕴藉，格律极高。此唐人擅长处。（《射鹰楼诗话》）

无题

二首（选一）其一

昨夜星辰昨夜风，
画楼西畔桂堂东。
身无彩凤双飞翼，
心有灵犀一点通。

隔座送钩春酒暖，
分曹射覆蜡灯红。
嗟余听鼓应官去，
走马兰台类断蓬。

注

灵犀：古代将犀牛角视为灵异之物，旧说犀角中有白纹如线直通两头，因此用以比喻两心相通。
送钩：古代宴会中的一种游戏，下文“射覆”亦同。
兰台：汉代宫廷藏书处。唐代时改秘书省为兰台。当时李商隐为秘书省校书郎。

评

义山《无题》诗，直是艳语耳。（《唐音审体》）
盖叹不得立朝，将为下吏也。（《重订李义山诗集笺注》）
此诗自炫其才，述眼前境遇，笔情飘忽。（《精选评注五朝诗学津梁》）

茂陵

汉家天马出蒲梢，
苜蓿榴花遍近郊。
内苑只知含凤觜，
属车无复插鸡翘。

玉桃偷得怜方朔，
金屋修成贮阿娇。
谁料苏卿老归国，
茂陵松柏雨萧萧。

注

蒲梢：古代良马名。

苜蓿：豆科植物，原产新疆一带，大宛马喜食。

凤觜：胶泥的名称。《海内十洲记》：“洲上多凤麟……亦多仙家，煮凤喙及麟角，合煎作膏，名之为续弦胶，或名连金泥。”

鸡翘：皇帝出行时，侍从车上插的用羽毛装饰的旗。

苏卿：苏武，字子卿，武帝时出使匈奴，被扣留十九年，回国时武帝已死。

评

此诗非夸王母玉桃、阿娇金屋，乃讥汉武也。（《岁寒堂诗话》）

此诗始不甚爱之，后观《西昆酬唱集》，求如此者绝不可得，乃叹义山笔力之高。（《义门读书记》）

瑶池

瑶池阿母绮窗开，
黄竹歌声动地哀。
八骏日行三万里，
穆王何事不重来。

注

黄竹歌：《穆天子传》载，周穆王曾在大风雪中作《黄竹歌》三章，以哀人民冻饿。

“穆王”句：《穆天子传》：“天子觞西王母于瑶池之上。西王母为天子谣曰：‘白云在天，山陵自出。道里悠远，山川间之。将子无死，尚能复来。’天子答之曰：‘予归东土，和治诸夏。万民平均，吾顾见汝。比及三年，将复而野。’”

评

风格散逸，此盛唐绝调中有所不及者，一读心为之快之。（《批点唐诗正声》）

诗又有以无理而妙者，如李益“早知潮有信，嫁与弄潮儿”，此可以理求乎？然自是妙语。至如义山“八骏日行三万里，穆王何事不重来”，则又无理之理，更进一尘。总之诗不可以执一而论。（《载酒园诗话》）

尽言尽意矣，而以诘问之词吞吐出之，故尽而不尽。（《玉谿生诗说》）

梦泽

梦泽悲风动白茅，
楚王葬尽满城娇。
未知歌舞能多少，
虚减宫厨为细腰。

注

楚王：楚灵王，春秋时荒淫无道之君。《韩非子》：“楚灵王好细腰，而国中多饿人。”

评

普天下揣摩逢世，才人读此，同声一哭矣。（《李义山诗集笺注》）

繁华易尽，却从当日希宠者一边落笔，便不落吊古窠臼。（《玉谿生诗说》）

诗 · 二十七

晚晴

深居俯夹城，
春去夏犹清。
天意怜幽草，
人间重晚晴。

并添高阁迥，
微注小窗明。
越鸟巢干后，
归飞体更轻。

注

越鸟：南方的鸟。《古诗十九首》：“胡马依北风，越鸟巢南枝。”

评

言外有身世之感。（《李义山诗集笺注》）

玉谿咏物，妙能体贴，时有佳句，在可解不可解之间。风人比兴之意，纯自意匠经营中得来。（《网师园唐诗笺》）

城上

有客虚投笔，
无憀独上城。
沙禽失侣远，
江树著阴轻。

大中元年，登桂林城有感而作。

边遽稽天讨，
军须竭地征。
贾生游刃极，
作赋又论兵。

注

无憀：无聊。

遽：传送官府文书的驿车。

稽：迟延。

游刃极：游刃有余。语出《庄子》："彼节者有间，而刀刃者无厚，以无厚入有间，恢恢乎其于游刃必有余地矣。"

评

此伤远客之空羁也。（《李义山诗集笺注》）

结用贾生，自负之词耳。（《重订李义山诗集笺注》）

诗·二十九

端居

远书归梦两悠悠，
只有空床敌素秋。
阶下青苔与红树，
雨中寥落月中愁。

注

敌：匹敌，抵挡。

素秋：秋天。梁元帝《纂要》："秋曰白藏，亦曰收成，亦曰三秋、九秋、素秋、素商、高商。"

评

寥落无穷，远书归梦，无非妄想纠缠。若斩断得时，青苔也，红树也，空床也，干他甚事？（《李义山诗集笺注》）

诗·三十

海上谣

桂水寒于江，
玉兔秋冷咽。
海底觅仙人，
香桃如瘦骨。

紫鸾不肯舞，
满翅蓬山雪。
借得龙堂宽，
晓出揲云发。
刘郎旧香炷，
立见茂陵树。
云孙帖帖卧秋烟，
上元细字如蚕眠。

注

揲：以手抽点成批或成束物品的数目。

上元细字：指长生求仙一类书籍。

如蚕眠：指书上的字用蚕书体写成，无法辨认。

评

义山学杜者也，间用长吉体作《射鱼》《海上》《燕台》《河阳》等诗，则多不可解。……疑是唐人习尚，故为隐语，当时之人自然知之。传之既久，遂莫晓所谓耳。（《李义山诗集辑评》）

讽求仙也。（《李义山诗集笺注》）

北楼

春物岂相干，
人生只强欢。
花犹曾敛夕，
酒竟不知寒。

异域东风湿，
中华上象宽。
此楼堪北望，
轻命倚危栏。

注

敛夕：指花白天开放，夜晚闭合。

上象：指天空。

赠刘司户蕡

江风吹浪动云根，
重碇危樯白日昏。
已断燕鸿初起势，
更惊骚客后归魂。

汉廷急诏谁先入，
楚路高歌自欲翻。
万里相逢欢复泣，
凤巢西隔九重门。

注

云根：指江边的山石。
碇：系船的石墩。
翻：按旧曲制新词。
凤巢：喻贤臣在朝。

评

此恨忠直之不见容也。风浪奔腾，有滔天翳日之势，不但进用无由，而且放逐堪惊，世运可知矣。（《李义山诗集笺注》）
起二句赋而比也。不待次联承明，已觉冤气抑塞，此神到之笔。七句合到本位，只“凤巢西隔九重门”一句竟住，不消更说，绝好收法。（《玉谿生诗说》）

潭州

潭州官舍暮楼空，
今古无端入望中。
湘泪浅深滋竹色，
楚歌重叠怨兰丛。

陶公战舰空滩雨，
贾傅承尘破庙风。
目断故园人不至，
松醪一醉与谁同。

注

怨兰丛：《离骚》中有“兰芷变而不芳兮，荃蕙化而为茅。何昔日之芳草兮，今直为此萧艾也”等句，此处是痛心人才不得重用。

松醪：用松叶、松节或松胶制成的名酒。

评

次句作领，中四句所谓“今古无端”，无叠床架屋之迹。（《五朝诗善鸣集》）

触物思人，抚今追昔，不觉一时俱到眼前，此所谓“无端入望中”也。然而何以遣之？意唯是呼朋把酒，庶可一消其寂寞，而今则安可得哉？玩“目断故园”，一醉谁同，见潭州并无一人可语。（《山满楼笺注唐诗七言律》）

过楚宫

大中二年秋，商隐由桂归京，途经江陵，过巫山楚宫遗址时有感而作。

巫峡迢迢旧楚宫，
至今云雨暗丹枫。
微生尽恋人间乐，
只有襄王忆梦中。

注

微生：常人。

“只有”句：指楚襄王梦遇神女之事。

评

高唐云雨，本是说梦，古今皆以为实事。此诗讥襄王之愚，前人未道破。（《唐诗品汇》）

反唤妙绝。微生那一个不在梦中，却要笑襄王忆梦耶？请思“只有”二字，还是唤醒襄王，还是唤醒众生？（《李义山诗集笺注》）

诗·三十五

听鼓

城头叠鼓声，
城下暮江清。
欲问渔阳掺，
时无祢正平。

注

祢正平：即祢衡，东汉著名的狂士。曹操想见他，祢衡称狂病不肯去，曹操怀恨，故意召他为鼓手，想借此折辱他。祢衡表演《渔阳》曲，声节悲壮，听者莫不慷慨动容。

评

借鼓声抒愤懑也。（《李义山诗集笺注》）

有清壮之音，以气格胜。次句着“城下暮江清”五字，益觉萧瑟空旷，动人远想。此渲染之法。（《玉谿生诗说》）

诗 · 三十六

杜司勋

高楼风雨感斯文，
短翼差池不及群。
刻意伤春复伤别，
人间惟有杜司勋。

注

杜司勋：晚唐诗人杜牧，曾为司勋员外郎。

风雨：《诗·郑风·风雨》："风雨如晦，鸡鸣不已。"借以抒写风雨怀人之情。

短翼差池：《诗·邶风·燕燕》："燕燕于飞，差池其羽。之子于归，远送于野，瞻望弗及，泣涕如雨。"此处乃自谦才短，不能比翼。

评

借以自比，含思悠然。（《唐人万首绝句选评》）

伤春伤别而曰"刻意"，曰"人间惟有"，则知伤春伤别者亦非易得也。（《唐人绝句精华》）

赠司勋杜十三员外

杜牧司勋字牧之，
清秋一首杜秋诗。
前身应是梁江总，
名总还曾字总持。

心铁已从干镆利，
鬓丝休叹雪霜垂。
汉江远吊西江水，
羊祜韦丹尽有碑。

注

干镆：古代名剑“干将”“莫邪”的并称。亦泛指利剑。

羊祜：晋代名将，极得民心，死后百姓为他立碑，据说看到此碑的人都会流泪，杜预称之为堕泪碑。

评

死生人所不免，诗追江总，文堪不朽，何叹白首哉。（《玉谿生诗意》）

通篇自取机势，别成一格也。（《玉谿生诗集笺注》）

嵚崎历落，奇趣横生，笔墨恣逸之甚，所谓不可无一，不可有二。（《玉谿生诗说》）

诗·三十八

流莺

流莺漂荡复参差，
渡陌临流不自持。
巧啭岂能无本意，
良辰未必有佳期。

风朝露夜阴晴里，
万户千门开闭时。
曾苦伤春不忍听，
凤城何处有花枝。

注

不自持：不能自主，不能控。

评

此作者自伤漂荡，无所依归，特托流莺以发叹耳。（《李义山诗解》）

流莺之飞鸣来去，风露阴晴，无处不到。我亦伤春者，不忍听此，恐凤城中无处有花枝耳。（《玉谿生诗意》）

含思宛转，独绝古今。（《李义山诗辨正》）

诗・三十九

九日

曾共山翁把酒时，
霜天白菊绕阶墀。
十年泉下无人问，
九日樽前有所思。

不学汉臣栽苜蓿，
空教楚客咏江蓠。
郎君官贵施行马，
东阁无因再得窥。

注

阶墀：台阶。

江蓠：香草名。《离骚》："览椒兰其若兹兮，又况揭车与江离。"

行马：官署或府邸前设的拦阻人马通行的木架。

评

此感旧作也，流美圆转之作。（《昭昧詹言》）

哭刘司户蕡

路有论冤谪，
言皆在中兴。
空闻迁贾谊，
不待相孙弘。

江阔惟回首，
天高但抚膺。
去年相送地，
春雪满黄陵。

注

迁贾谊：以文帝用贾谊之事，表朝廷或有意召回刘蕡。
孙弘：公孙弘。据《史记·平津侯列传》，汉武帝初，征为博士，使匈奴，还报，不合武帝意，病免归。后再拜博士。元朔中，由御史大夫升任丞相，封平津侯。

评

长沙地暖，而方春雨雪，岂非君子道消，阴气盛长之所致乎？落句深痛去华之冤也。（《唐三体诗评》）
结忆往事，字中有泪。（《玉谿生诗意》）
后四逆挽作收，绝好结法。“江阔”二句，亦言相送时也。（《玉谿生诗说》）

哭刘蕡

上帝深宫闭九阍，
巫咸不下问衔冤。
广陵别后春涛隔，
湓浦书来秋雨翻。

只有安仁能作诔，
何曾宋玉解招魂。
平生风义兼师友，
不敢同君哭寝门。

注

巫咸：传说中的古代神巫。

安仁：西晋潘岳，字安仁，长于作诔文。

招魂：《楚辞》篇名，王逸认为是宋玉为招屈原之魂而作。

寝门：内室的门。古时丧礼规定，若死者是师，应在内室哭；死者是友，应在内室外哭。此处指不敢与友人同列而哭吊于寝门之外。

评

才人衔冤之魂多矣，巫咸可胜问，宋玉可胜招乎？（《唐诗快》）

此痛忠直之不容于世也。……举声一哭，盖直为天下恸，而非止哀我私也。（《李义山诗集笺注》）

一解四句，便有搏胸叫天，奋颅击地，放声长号，涕泗纵横之状。（《贯华堂选批唐才子诗》）

偶成转韵七十二句赠四同舍

沛国东风吹大泽，蒲青柳碧春一色。
我来不见隆准人，沥酒空余庙中客。
征东同舍鸳与鸾，酒酣劝我悬征鞍。
蓝山宝肆不可入，玉中仍是青琅玕。

武威将军使中侠，少年箭道惊杨叶。
战功高后数文章，怜我秋斋梦蝴蝶。
诘旦九门传奏章，高车大马来煌煌。
路逢邹枚不暇揖，腊月大雪过大梁。
忆昔公为会昌宰，我时入谒虚怀待。
众中赏我赋高唐，回看屈宋由年辈。
公事武皇为铁冠，历厅请我相所难。
我时憔悴在书阁，卧枕芸香春夜阑。

注

隆准人：指刘邦。史称其“隆准而龙颜”。隆准，高鼻梁。

明年赴辟下昭桂，东郊恸哭辞兄弟。
韩公堆上跋马时，回望秦川树如荠。
依稀南指阳台云，鲤鱼食钩猿失群。
湘妃庙下已春尽，虞帝城前初日曛。

谢游桥上澄江馆，下望山城如一弹。
鹧鸪声苦晓惊眠，朱槿花娇晚相伴。
顷之失职辞南风，破帆坏桨荆江中。
斩蛟断壁不无意，平生自许非匆匆。
归来寂寞灵台下，著破蓝衫出无马。
天官补吏府中趋，玉骨瘦来无一把。
手封狴牢屯制囚，直厅印锁黄昏愁。
平明赤帖使修表，上贺嫖姚收贼州。

注

斩蛟断璧：指不畏邪恶的胆识与气魄。《博物志》："澹台子羽渡河，赍千金之璧于河。河伯欲之，至阳侯波起，两蛟挟船。子羽左掺璧，右操剑，击蛟，皆死。既渡，三投璧于河伯，河伯跃而归之，子羽毁而去。"
灵台：汉代天象台。汉代第五颉作谏议大夫时，"洛阳无主人，乡里无田宅，客止灵台中，或十日不炊"。此自谓困顿。

旧山万仞青霞外，望见扶桑出东海。
爱君忧国去未能，白道青松了然在。
此时闻有燕昭台，挺身东望心眼开。
且吟王粲从军乐，不赋渊明归去来。

彭门十万皆雄勇，首戴公恩若山重。
廷评日下握灵蛇，书记眠时吞彩凤。
之子夫君郑与裴，何甥谢舅当世才。
青袍白简风流极，碧沼红莲倾倒开。
我生粗疏不足数，梁父哀吟鸲鹆舞。
横行阔视倚公怜，狂来笔力如牛弩。
借酒祝公千万年，吾徒礼分常周旋。
收旗卧鼓相天子，相门出相光青史。

注

梁父吟：乐府古曲名。《三国志》载，诸葛亮好为《梁父吟》，自比管仲、乐毅。

评

义山生平游历，略见于此篇。（《李义山诗集笺注》）

开合挫顿中，一振当日凡庸之习，三百年之后劲也。（《读雪山房唐诗序例》）

接落平钝处未脱元白习径，中间沉郁顿起处，则元白不能为也。（《李义山诗集辑评》）

板桥晓别

回望高城落晓河，
长亭窗户压微波。
水仙欲上鲤鱼去，
一夜芙蓉红泪多。

注

红泪：指美人泪。《拾遗记》："文帝所爱美人，姓薛名灵芸，常山人也……灵芸闻别父母，歔欷累日，泪下沾衣。至升车就路之时，以玉唾壶承泪，壶则红色。既发常山，及至京师，壶中泪凝如血。"

评

何等风韵！如此作艳体，乃佳。笑裙裾脂粉之横填也。（《玉谿生诗说》）

此作三四句，全用凄艳之词，寓伤离之意。行者则托诸鲤鱼，别泪则托诸芙蓉。寄情于景，且神韵悠然，集中稀见也。（《诗境浅说续编》）

蝉

本以高难饱，
徒劳恨费声。
五更疏欲断，
一树碧无情。

薄宦梗犹泛，
故园芜已平。
烦君最相警，
我亦举家清。

注

“本以”句：《吴越春秋》：“秋蝉登高树，饮清露，随风㧖挠，长吟悲鸣。”
梗犹泛：以梗泛喻漂泊无定之意。《战国策·齐策》：“……吾西岸之土也，土则复西岸耳。今子，东国之桃梗也，刻削子以为人，降雨下，淄水至，流子而去，则子漂漂者将何如耳。”

评

清绝。（《五朝诗善鸣集》）
绝不描写、用古，诚为杰作。（《围炉诗话》）
无求于世，不平则鸣；鸣则萧然，止则寂然。上四句借蝉喻己，以下直抒己意。（《唐诗三百首》）

房中曲

大中五年，商隐妻王氏卒，睹物思人，作此悼亡诗。

蔷薇泣幽素，翠带花钱小。
娇郎痴若云，抱日西帘晓。
枕是龙宫石，割得秋波色。
玉簟失柔肤，但见蒙罗碧。

忆得前年春，未语含悲辛。
归来已不见，锦瑟长于人。
今日涧底松，明日山头檗。
愁到天地翻，相看不相识。

注

花钱：指如圆钱的花瓣。

涧底松：喻才高位卑之人。左思《咏史》："郁郁涧底松，离离山上苗。"

檗：黄檗，味苦。

评

苦情幽艳。（《唐诗归》）

天地俱翻，或有相见之日，又恐相见之时已不相识。设必无之想，作必无之虑，哀悼之情于此为极。（《唐音审体》）

七月二十九日崇让宅宴作

露如微霰下前池，
风过回塘万竹悲。
浮世本来多聚散，
红蕖何事亦离披。

悠扬归梦惟灯见，
濩落生涯独酒知。
岂到白头长只尔，
嵩阳松雪有心期。

注

霰：细小的冰粒。

离披：分散的样貌。

濩落：沦落失意。

评

一、二是日之景。三、四睹红蕖之离披，感人生之聚散。五、六宴时之情。结欲归隐也。（《玉谿生诗意》）

纪氏不喜此派诗，故以为“平衍滑调”，实则后幅宛转达情，正妙于顿挫者也。（《李义山诗辨正》）

王十二兄与畏之员外相访见招小饮时予以悼亡日近不去因寄

谢傅门庭旧末行，
今朝歌管属檀郎。
更无人处帘垂地，
欲拂尘时簟竟床。

嵇氏幼男犹可悯，
左家娇女岂能忘。
秋霖腹疾俱难遣，
万里西风夜正长。

注

檀郎：潘岳，小字檀奴，人称檀郎。唐人常以此指代女婿。
嵇氏幼男：指嵇康之子嵇绍，十岁丧母。
左家娇女：晋代诗人左思《娇女诗》："吾家有娇女，皎皎颇白皙。"

评

销魂语。如此悼亡，足胜安仁三诗。（《唐诗快》）
指挥如意，用事措词不同，妙处在意在言外，所以松灵。（《唐诗贯珠》）
尝读元微之《遣悲怀》云："惟将终夜长开眼，报答平生未展眉。"以为镂心刻骨之言，不啻血泪淋漓。然却不如先生此作始终相称，凄惋之中复饶幽艳也。（《山满楼笺注唐诗七言律》）

悼伤后赴东蜀辟至散关遇雪

大中五年，赴蜀途中，怀念亡妻之作。

剑外从军远，
无家与寄衣。
散关三尺雪，
回梦旧鸳机。

注

鸳机：织锦机。

评

悲在一“旧”字。（《李义山诗集笺注》）

通首不离“悼伤后”三字。（《义门读书记》）

此悼亡诗也。情深语婉，意味不尽，义山五绝中压卷之作。（《唐人万首绝句选评》）

武侯庙古柏

蜀相阶前柏，
龙蛇捧闷宫。
阴成外江畔，
老向惠陵东。

大树思冯异，
甘棠忆召公。
叶凋湘燕雨，
枝折海鹏风。
玉垒经纶远，
金刀历数终。
谁将出师表，
一为问昭融。

注

閟宫：深闭的祠庙。

惠陵：蜀先主刘备的陵墓。

冯异：东汉名将。《后汉书·冯异传》：“每所止舍，诸将并坐论功，异常独屏树下，军中号曰‘大树将军’。”

湘燕：零陵山上有石燕，遇风雨则飞舞如燕，雨止为石。

评

义山用事之善者，如题柏“大树思冯异，甘棠忆召公”，亦可观。至“玉垒”“金刀”，便入昆调。一篇之内，法戒俱存。（《诗薮》）

意足。（《李义山诗集辑评》）

五六句乃一篇眼目，不但以用事工细赏之。（《玉谿生诗说》）

杜工部蜀中离席

人生何处不离群，
世路干戈惜暂分。
雪岭未归天外使，
松州犹驻殿前军。

座中醉客延醒客，
江上晴云杂雨云。
美酒成都堪送老，
当垆仍是卓文君。

注

延：请，劝。
当垆：卖酒的人坐在垆边。

评

起手七字，便是工部神髓。其突兀而起，淋漓而下，真乃有唐一代无数巨公曾未得闯其篱落者。（《贯华堂选批唐才子诗》）
一则干戈满路，一则人丽酒浓，两路夹写出惜别，如此结构，真老杜正嫡也。（《义门读书记》）

韩冬郎即席为诗相送一座尽惊他日余方追吟连宵侍坐裴回久之句有老成之风因成二绝寄酬兼呈畏之员外（选一）其一

十岁裁诗走马成，
冷灰残烛动离情。
桐花万里丹山路，
雏凤清于老凤声。

注

走马成：形容才思敏捷。

丹山：传说中生有凤凰的山。

评

此赠冬郎，叹其才之胜父。此呈畏之员外，言其诗之难和也。（《李义山诗集笺注》）

二月二日

二月二日江上行，
东风日暖闻吹笙。
花须柳眼各无赖，
紫蝶黄蜂俱有情。

万里忆归元亮井，
三年从事亚夫营。
新滩莫悟游人意，
更作风檐夜雨声。

注

无赖：任意生长的可爱样貌。
元亮：陶潜，字元亮。《归园田居》诗：“井灶有遗处，桑竹残朽株。”
亚夫营：汉文帝时，大将周亚夫屯兵处。

评

看他“无赖”“有情”上加“各”字、“俱”字，犹言物犹如此，人何以堪也。（《贯华堂选批唐才子诗》）
此在幕出游诗也。魄力雄灏，逼真少陵遗法。（《李义山诗疏》）
此即事即景诗也。（《昭昧詹言》）

初起

想像咸池日欲光，
五更钟后更回肠。
三年苦雾巴江水，
不为离人照屋梁。

注

咸池：神话中的地名，太阳升起时洗浴的地方。《淮南子》："日出于旸谷，浴于咸池，拂于扶桑，是谓晨明。"

照屋梁：宋玉《神女赋》："耀乎如白日初出照屋梁。"

评

深曲。（《李义山诗集辑评》）

此寓见弃于时之意。"日"喻君恩，"苦雾"喻排摈者。（《李义山诗集笺注》）

夜饮

卜夜容衰鬓，
开筵属异方。
烛分歌扇泪，
雨送酒船香。

江海三年客，
乾坤百战场。
谁能辞酩酊，
淹卧剧清漳。

注

卜夜：指昼夜相继宴乐。《左传》：“饮桓公酒，乐。公曰：‘以火继之。’辞曰：‘臣卜其昼，未卜其夜，不敢。’”

剧：更甚于。

清漳：即漳水。刘桢《赠五官中郎将四首》：“余婴沉痼疾，窜身清漳滨。”

评

三句纤，五、六沉雄。王荆公谓近杜，良然。（《瀛奎律髓汇评》）

五、六高壮，使通篇气力完足。（《玉谿生诗说》）

写意

燕雁迢迢隔上林，
高秋望断正长吟。
人间路有潼江险，
天外山惟玉垒深。

日向花间留返照，
云从城上结层阴。
三年已制●思乡泪，
更入新年恐不禁。

注

制：控制。

评

不言而神伤。（《李义山诗集辑评》）

闲闲写去，一结深情，无限绝世风神。怨而不怒，真正风人。（《唐贤清雅集》）

黯然神伤，情味独绝。（《玉谿生诗集笺注》）

夜雨寄北

君问归期未有期，
巴山夜雨涨秋池。
何当共剪西窗烛，
却话巴山夜雨时。

评

即景见情，清空微妙，玉谿集中第一流也。（《玉谿生诗意》）

圆转如铜丸走坂，骏马注坡。（《历代诗发》）

清空如话，一气循环，绝句中最为擅胜。（《诗境浅说续编》）

如此作法，笔势非常矫健，且可省却许多语言，诗家谓之顿挫者是也。（《唐人绝句精华》）

即日

一岁林花即日休，
江间亭下怅淹留。
重吟细把真无奈，
已落犹开未放愁。

山色正来衔小苑，
春阴只欲傍高楼。
金鞍忽散银壶漏，
更醉谁家白玉钩。

注

放：解，尽。

“金鞍”句：指席罢客散，夜尽更残之时。

评

苦写甘出，少陵初年乃得似此，入蜀后不逮矣。予为此论，亦不复知世人有恨！（《唐诗评选》）

回翔婉转，无限风流。（《唐贤小三昧集续集》）

柳

曾逐东风拂舞筵，
乐游春苑断肠天。
如何肯到清秋日，
已带斜阳又带蝉。

注

断肠：销魂之意。

肯到：会到。

评

得意人到失意时，苦况如是。“肯到”二字妙，却由不得你不肯也。（《李义山诗集笺注》）

不堪积愁，又不堪追往，肠断一物矣。（《玉谿生诗集笺注》）

四句一气，笔意灵活。只用三四虚字转折，冷呼热唤，悠然弦外之音，不必更着一语也。（《玉谿生诗说》）

诗·五十九

忆梅

定定住天涯，
依依向物华。
寒梅最堪恨，
常作去年花。

评

意极曲折。（《李义山诗集辑评》）

自己不能去，却恨寒梅，妙绝。（《李义山诗集笺注》）

“定定”字新。“常作去年花”，“定定”意出，又妙在“依依”二字，如画家皴法，再即“定定”烘染，说得可怜。（《唐诗笺注》）

天涯

春日在天涯，
天涯日又斜。
莺啼如有泪，
为湿最高花。

评

意极悲，语极艳，不可多得。(《玉谿生诗笺注》)

不必有所指，不必无所指，言外只觉有一种深情。（《玉谿生诗意》）

诗·六十一

筹笔驿

猿鸟犹疑畏简书，
风云常为护储胥。
徒令上将挥神笔，
终见降王走传车。

管乐有才终不忝，
关张无命欲何如。
他年锦里经祠庙，
梁父吟成恨有余。

注

简书：古人将文字写在竹简上，这里指军令文书。《诗·小雅·出车》："岂不怀归，畏此简书。"
传车：驿站所备供长途旅行用的马车。
忝：愧。

评

运用故事，操纵自如，而意亦曲折尽达，此西昆体之最上乘者。（《唐诗评注读本》）
义山此等诗，语意浩然，作用神魄，真不愧杜公。前人推为一大家，岂虚也哉！（《昭昧詹言》）

重过圣女祠

白石岩扉碧藓滋，
上清沦谪得归迟。
一春梦雨常飘瓦，
尽日灵风不满旗。

萼绿华来无定所，
杜兰香去未移时。
玉郎会此通仙籍，
忆向天阶问紫芝。

注

上清：道教中灵宝道君所居仙境。与玉清、太清合称“三清”。

玉郎：道教谓掌管学仙簿箓的仙官。

紫芝：仙人所服的一种神芝。

评

作缥缈幽思之语，而气息自沉，故非鬼派。
（《岘傭说诗》）

全篇皆空灵缥缈之词，极才人之能事矣。
（《诗境浅说》）

齐宫词

永寿兵来夜不扃，
金莲无复印中庭。
梁台歌管三更罢，
犹自风摇九子铃。

注

扃：闭锁。

“金莲”句：《南史》：“凿金为莲华以帖地，令潘妃行其上，曰：‘此步步生莲华也。’”

九子铃：用金玉等材料制成的檐铃。《南史》：“庄严寺有玉九子铃……剥取以施潘妃殿饰。”

评

不见金莲之迹，犹闻玉铃之音。不闻于梁台歌管之时，而在既罢之后。荒淫亡国，安能一一写尽，只就微物点出，令人思而得之。（《玉谿生诗意》）

咏史俱妙在不议论。（《玉谿生诗集笺注》）

南朝

地险悠悠天险长，
金陵王气应瑶光。
休夸此地分天下，
只得徐妃半面妆。

注

半面妆：《南史·徐妃传》：“妃无容质，不见礼，帝三二年一入房。妃以帝眇一目，每知帝将至，必为半面妆以俟，帝见则大怒而出。”

评

点化中分，使事灵变。看作刺诗，便不会作者语妙。（《李义山诗集辑评》）

今人徒赏义山艳丽，而不知其识见之高。（《李义山诗集笺注》）

借香倩语点化，是玉谿惯法，不得以纤佻目之。（《李义山诗辨正》）

南朝

玄武湖中玉漏催，
鸡鸣埭口绣襦回。
谁言琼树朝朝见，
不及金莲步步来。

敌国军营漂木柹，
前朝神庙锁烟煤。
满宫学士皆颜色，
江令当年只费才。

注

鸡鸣埭：南朝齐武帝常带领宫嫔一早出游，到湖北埭时鸡才鸣叫，故称“鸡鸣埭”。

木柹：削下的木片。

评

此等诗须细味其高情远识。起连便是南朝国势必为北并，况又加之陈叔宝乎？二十八字中叙四代兴亡，全不费力，又其余事也。（《义门读书记》）

题概说南朝，而主意在陈后主。（《唐诗别裁集》）

隋宫

紫泉宫殿锁烟霞，
欲取芜城作帝家。
玉玺不缘归日角，
锦帆应是到天涯。

于今腐草无萤火，
终古垂杨有暮鸦。
地下若逢陈后主，
岂宜重问后庭花。

注

日角：古人把额骨中央隆起如日者称为日角，认为是帝王之相。
腐草无萤火：《礼记》：“腐草为萤”。《隋书·炀帝纪》：“上于景华宫征求萤火，得数斛，夜出游山放之，光遍岩谷。”此句意指萤火被炀帝搜尽。

评

腹联慷慨，专以巧句为义山，非知义山者也。（《二冯先生评点才调集》）
参用活法夹写，便动荡有情，古今凭吊绝作。（《唐贤清雅集》）
风华典雅，真可谓百宝流苏，千丝铁网。（《历代诗发》）

隋宫

乘兴南游不戒严，
九重谁省谏书函。
春风举国裁宫锦，
半作障泥半作帆。

注

不戒严：封建礼制规定，皇帝出游时要实行戒严。这里是指隋炀帝骄横无忌，毫无戒备。

评

“春风”二句，借锦帆事点化，得水陆绎骚、民不堪命之状如在目前。（《义门读书记》）

写举国皆狂，炀帝不说自见。（《玉谿生诗意》）

后二句微有风调，前二句词直意尽。（《玉谿生诗说》）

咏史

北湖南埭水漫漫，
一片降旗百尺竿。
三百年间同晓梦，
钟山何处有龙盘。

注

“钟山”句：《吴录》：“刘备曾使诸葛亮至京，因睹秣陵山阜，乃叹曰：‘钟山龙盘，石头虎踞，帝王之宅也。’”意指南朝各代统治时间之短暂。

评

四句中气脉何等阔远！（《义门读书记》）

此与刘梦得“一片降幡出石头”同感。（《李义山诗集笺注》）

国之存亡，在人杰不在地灵，足破堪舆之惑。（《玉谿生诗意》）

宫妓

珠箔轻明拂玉墀，
披香新殿斗腰支。
不须看尽鱼龙戏，
终遣君王怒偃师。

注

鱼龙戏：魔术杂技表演。《汉书》注：“鱼龙者，为含利之兽，先戏于庭极，毕，乃入殿前激水，化成比目鱼，跳跃漱水，作雾障日，毕，化成黄龙八丈，出水敖戏于庭，炫耀日光。”

怒偃师：《列子·汤问》载，周穆王时，有一个名叫偃师的巧匠，他用所造假倡为穆王表演，因假倡“瞬其目而招王之左右侍妾”惹怒穆王，差点送命。后剖开假倡，证明是假人，偃师才得以活命。

评

此以女宠之难长，为仕宦者戒也。（《唐诗解》）

字字有意，愈味愈佳，于此可悟立言之体。（《李义山诗集笺注》）

托讽甚深，妙于蕴藉。（《李义山诗集辑评》）

风雨

凄凉宝剑篇，
羁泊欲穷年。
黄叶仍风雨，
青楼自管弦。

新知遭薄俗，
旧好隔良缘。
心断新丰酒，
销愁斗几千。

注

宝剑篇：唐初郭震所作诗篇名。《新唐书》载，武则天召郭谈话，郭呈《宝剑篇》，借宝剑尘埋抒发不平之气，武则天看后，立即加以重用。

评

凄凉羁泊，以得意人相形，愈益难堪。风雨自风雨，管弦自管弦，宜愁人之肠断也。夫新知既日薄，而旧好且终睽，此时虽十千买酒，也消此愁不得，遑论新丰价值哉！（《李义山诗集笺注》）

神力完足。“仍”字、“自”字，多少悲凉！（《玉谿生诗说》）

锦瑟

锦瑟无端五十弦，
一弦一柱思华年。
庄生晓梦迷蝴蝶，
望帝春心托杜鹃。

沧海月明珠有泪，
蓝田日暖玉生烟。
此情可待成追忆，
只是当时已惘然。

注

望帝：《蜀记》曰："昔有人姓杜名宇，王蜀，号曰望帝。宇死，俗说云，宇化为子规。子规，鸟名也。蜀人闻子规鸣，皆曰望帝也。"
珠有泪：《博物志》："南海外有鲛人，水居如鱼，不废织绩，其眼能泣珠。"

评

义山晚唐佳手，佳莫佳于此矣。意致迷离，在可解不可解之间，于初盛诸家中得未曾有。三楚精神，笔端独得。（《五朝诗善鸣集》）
此诗全在起句"无端"二字，通体妙处，俱从此出。（《一瓢诗话》）
得此结语，全首翻作烟波。（《唐贤小三昧集续集》）

泪

永巷长年怨绮罗，
离情终日思风波。
湘江竹上痕无限，
岘首碑前洒几多。

人去紫台秋入塞，
兵残楚帐夜闻歌。
朝来灞水桥边问，
未抵青袍送玉珂。

注

永巷：《三辅黄图》：“永巷……宫中之长巷，幽闭宫女之有罪者。”
紫台：即宫阙。江淹《恨赋》：“明妃去时，仰天太息。紫台稍远，关山无极。”
玉珂：马笼头上的装饰物，此代指达官贵人。

评

以古人之泪形送别之泪，主意转在一结。（《唐诗别裁集》）
昔人谓句句是泪不是哭，信然！愚谓前半犹人所知，后半放笔言之，末仍说出自己心事，方不是空空咏泪。诗骨在此，须细看“未抵”二字。（《唐贤清雅集》）

霜月

初闻征雁已无蝉，
百尺楼高水接天。
青女素娥俱耐冷，
月中霜里斗婵娟。

评

首二句极写摇落高寒之意，则人不耐冷可知。却不说破，只以青女、素娥对照之，笔意深曲。（《玉谿生诗说》）

托兴幽渺，自见风骨。（《唐贤清雅集》）

乐游原

向晚意不适，
驱车登古原。
夕阳无限好，
只是近黄昏。

评

销魂之语，不堪多诵。（《李义山诗集笺注》）

消息甚大，为绝句中所未有。（《读雪山房唐诗钞序例》）

诗言薄暮无聊，借登眺以舒怀抱。烟树人家，在微明夕照中，如天开图画；方吟赏不置，而无情暮景，已逐步逼人而来，一入黄昏，万象都灭，玉谿生若有深感者。（《诗境浅说续编》）

无题

四首（选三）其一

来是空言去绝踪，
月斜楼上五更钟。
梦为远别啼难唤，
书被催成墨未浓。

蜡照半笼金翡翠，
麝熏微度绣芙蓉。
刘郎已恨蓬山远，
更隔蓬山一万重。

注

刘郎：刘晨。传说东汉时，浙江剡县人刘晨、阮肇入天台山采药，遇二仙女，留居半年后归家，子孙已七世。后重入天台访女，踪迹杳然。

评

此有幽期不至，故言“来是空言”而去已绝迹。（《唐诗鼓吹注解》）
语极摇曳，思却沉挚。（《唐诗笺注》）
梦中之景。点出梦，统贯上下，以清意旨，针线极细。（《选玉谿生诗补说》）

无题

四首（选三）其二

飒飒东风细雨来，
芙蓉塘外有轻雷。
金蟾啮锁烧香入，
玉虎牵丝汲井回。

贾氏窥帘韩掾少，
宓妃留枕魏王才。
春心莫共花争发，
一寸相思一寸灰。

注

贾氏：西晋贾充的女儿。《世说新语》："韩寿美姿容，充每聚会，贾充辟以为掾，贾女于青璅中看，见寿，说之……充秘之，以女妻寿。"

宓妃：传说伏羲氏之女宓妃，溺死于洛水上，成为洛神。这里指曹丕之妻甄氏。相传甄氏曾为曹植所爱，甄后死后，曹丕把她的遗物玉镂金带枕送给曹植。曹植途经洛水，梦见甄后来相会，表示把玉枕留给他作纪念，醒后作《感甄赋》，后被改为《洛神赋》。

评

末则如怨如诉，相思之至，反言之而情愈深矣。（《唐诗鼓吹注解》）

锁虽固，香犹可入；井虽深，汲犹可出。（《唐诗三百首》）

无题

四首（选三）其四

何处哀筝随急管，
樱花永巷垂杨岸。
东家老女嫁不售，
白日当天三月半。

溧阳公主年十四，
清明暖后同墙看。
归来展转到五更，
梁间燕子闻长叹。

注

哀：形容乐声清亮动人。

溧阳公主：《南史》：“初，景纳帝女溧阳公主，公主有美色，景惑之。”

评

此篇明白。溧阳公主，又早嫁而失所者。然则我生不辰，宁为老女乎？鸟兽犹不失伉俪，殆不如梁间之燕子也。（《李义山诗集辑评》）

永巷樱花，哀弦急管，白日当天，青春将半。老女不售，少女同墙。对此情景，其何以堪！展转不寐，直至五更，梁燕闻之，亦为长叹。此是一副不遇血泪，双手掬出，何尝是艳作？故公诗云：“楚雨含情俱有托。”早将此意明告后人。（《一瓢诗话》）

为有

为有云屏无限娇，
凤城寒尽怕春宵。
无端嫁得金龟婿，
辜负香衾事早朝。

注

金龟婿：指前途有望的佳婿。《新唐书·车服志》："天授二年，改佩鱼皆为龟，其后三品以上龟袋饰以金。"

评

此与"悔教夫婿觅封侯"同义，而用意较尖刻。（《李义山诗集辑评》）

此作细意体贴之词。"无端"二字下得妙，其不言之意应如此。（《李义山诗集笺注》）

言外有刺。（《玉谿生诗集笺注》）

无题

相见时难别亦难，
东风无力百花残。
春蚕到死丝方尽，
蜡炬成灰泪始干。

晓镜但愁云鬓改，
夜吟应觉月光寒。
蓬山此去无多路，
青鸟殷勤为探看。

注

丝：与“思”谐音。

云鬓改：指青春容颜的消逝。

青鸟：传说中为西王母传递消息的仙鸟。

评

措词流丽，酷似六朝。（《四溟诗话》）

诗中比意从汉魏乐府中得来，遂为《无题》诸篇之冠。（《五朝诗善鸣集》）

玉谿《无题》诸作，深情丽藻，千古无双，读之但觉魂摇心死，亦不能名言其所以佳也。（《唐贤小三昧集续集》）

镂心刻骨之词。千秋情语，无出其右。（《精选七律耐吟集》）

碧城

三首（选一）其一

碧城十二曲阑干，
犀辟尘埃玉辟寒。
阆苑有书多附鹤，
女床无树不栖鸾。

星沉海底当窗见，
雨过河源隔座看。
若是晓珠明又定，
一生长对水晶盘。

注

碧城：指仙人隐居处，此处指道观。
犀辟尘埃：《述异记》：“却尘犀，海兽也。然其角辟尘。致之于座，尘埃不入。”
阆苑：传说中神仙的住处。
女床：《山海经》：“女床之山……有鸟焉，其状如翟而五采文，名曰鸾鸟。”

评

此怀人而不可即，故以比之神人。（《唐诗鼓吹评注》）
清丽芊绵。（《精选评注五朝诗学津梁》）

日射

日射纱窗风撼扉，
香罗拭手春事违。
回廊四合掩寂寞，
碧鹦鹉对红蔷薇。

评

末句妙，不能强无情作有情也。（《李义山诗集笺注》）

此闺词也。花鸟相对间，有伤情人在内。（《玉谿生诗集笺注》）

宫辞

君恩如水向东流，
得宠忧移失宠愁。
莫向尊前奏花落，
凉风只在殿西头。

评

用意最深，人人可解，故妙。（《李义山诗集辑评》）

慨荣宠之无常也。（《李义山诗集笺注》）

怨之至矣，而不失优柔之意，一唱三叹，余音未寂。（《玉谿生诗说》）

河清与赵氏昆季宴集得拟杜工部

胜概殊江右，
佳名逼渭川。
虹收青嶂雨，
鸟没夕阳天。

客鬓行如此，
沧波坐渺然。
此中真得地，
漂荡钓鱼船。

注

江右：指江南。

评

能以格胜。（《唐诗别裁集》）

三、四警炼，五、六萧疏，此换笔之妙。（《唐诗近体》）

诗·八十四

凉思

客去波平槛，
蝉休露满枝。
永怀当此节，
倚立自移时。

北斗兼春远，
南陵寓使迟。
天涯占梦数，
疑误有新知。

注

寓使：因出使而流寓异地。

占梦：据梦中所见预测人事吉凶。

评

起四句一气涌出，气格殊高。五句在可解不可解之间，然其妙可思。结句承“寓使迟”来，言家在天涯，不知留滞之故，几疑别有新知也。（《李义山诗集辑评》）

起联写水亭秋夜，读之亦觉凉气侵肌。（《义门读书记》）

代赠

二首（选一）其一

楼上黄昏欲望休，
玉梯横绝月中钩。
芭蕉不展丁香结，
同向春风各自愁。

注

芭蕉不展：蕉心卷缩未展。

丁香结：指丁香花丛生如结。

评

情致自佳，艳体之不伤雅者。（《李义山诗集辑评》）

前二句“楼上”“玉梯”之意，与李白之“暝色入高楼，有人楼上愁”“玉梯空伫立，望断归飞翼”词意相似，乃述望远之愁怀。后二句即借物写愁，丁香之结未舒，蕉叶之心不展，春风纵好，难破愁痕，物犹如此，人何以堪，可谓善怨矣。（《诗境浅说续编》）

银河吹笙

怅望银河吹玉笙，
楼寒院冷接平明。
重衾幽梦他年断，
别树羁雌昨夜惊。

月榭故香因雨发，
风帘残烛隔霜清。
不须浪作缑山意，
湘瑟秦箫自有情。

注

平明：拂晓。

羁雌：孤栖的雌鸟。

月榭：观月的台榭。

缑山意：指入道修仙的意愿。《列仙传》："王子乔者，周灵王太子晋，好吹笙……道士浮丘公接以上嵩高山三十余年。后求之于山上，见桓良曰：'告我家，七月七日待我于缑氏山巅。'至时，果乘白鹤驻山头，望之不得到。举手谢时人，数日而去。"

评

此义山言情之作也。闻声相思，彻夜不寐，遂使生平久断之梦，复为唤起，而怅望无穷焉。（《李义山诗解》）

此种诗语浅意深，全在神味。（《李义山诗辨正》）

春雨

怅卧新春白袷衣，
白门寥落意多违。
红楼隔雨相望冷，
珠箔飘灯独自归。

远路应悲春晼晚，
残宵犹得梦依稀。
玉珰缄札何由达，
万里云罗一雁飞。

注

白袷衣：白色的夹衣。唐人以白衫为闲居便服。

白门：指男女幽会之地。南朝乐府民歌《杨叛儿》："暂出白门前，杨柳可藏乌。欢作沉水香，侬作博山炉。"

晼晚：夕阳西下的光景。

缄札：指书信。

评

宛转有味。平山笺以为此有寓意，亦属有见。然如此诗即无寓意，亦自佳。（《玉谿生诗说》）

以丽语写惨怀，一字一泪。用比作结，不知是泪是墨，义山真有心人。（《唐贤清雅集》）

有感

非关宋玉有微辞，
却是襄王梦觉迟。
一自高唐赋成后，
楚天云雨尽堪疑。

注

微辞：隐含贬义的言辞。

楚天云雨：指描写男女情爱之作。

评

此非咏楚之事也，题曰“有感”，其意可想而知。（《李义山诗集辑评》）

嫦娥

云母屏风烛影深，
长河渐落晓星沉。
嫦娥应悔偷灵药，
碧海青天夜夜心。

注

云母：一种矿物，晶体透明有光泽，其薄片可用来装饰屏风、窗户。

评

此非咏嫦娥也。从来美人名士，最难持者末路，末二语警醒不少。（《李义山诗集笺注》）

孤寂之况，以“夜夜心”三字尽之。士有争先得路而自悔者，亦作如是观。（《唐诗别裁集》）

无题

二首其一

凤尾香罗薄几重，

碧文圆顶夜深缝。

扇裁月魄羞难掩，

车走雷声语未通。

曾是寂寥金烬暗，
断无消息石榴红。
斑骓只系垂杨岸，
何处西南任好风。

注

扇裁月魄：裁制的团扇形如圆月。汉班婕妤《怨歌行》：“裁为合欢扇，团团似明月。”
金烬暗：指灯烛烧残。

评

此咏所思之人，可思而不可见也。（《李义山诗集笺注》）
义山最工为情语。所谓情之所钟，正在我辈，非义山其谁归！（《唐诗快》）

无题

二首其二

重帷深下莫愁堂，
卧后清宵细细长。
神女生涯原是梦，
小姑居处本无郎。

风波不信菱枝弱，
月露谁教桂叶香。
直道相思了无益，
未妨惆怅是清狂。

注

小姑：指年轻未嫁的女子。

直道：即使说。

清狂：痴情之意。

评

艳诗别调。（《唐诗评选》）

此义山自言其作诗之旨也。（《李义山诗集笺注》）

暮秋独游曲江

荷叶生时春恨生，
荷叶枯时秋恨成。
深知身在情长在，
怅望江头江水声。

评

调古情深。（《玉谿生诗集笺注》）

有情不若无情也。（《李义山诗集笺注》）

“身在情长在”一语，最为凄惋，盖谓此身一日不死，则此情一日不断也。（《重订李义山诗集笺注》）

诗·九十三

贾生

宣室求贤访逐臣，
贾生才调更无伦。
可怜夜半虚前席，
不问苍生问鬼神。

注

才调：才情。

“可怜”二句：《史记·屈原贾生列传》：“上因感鬼神事，而问鬼神之本。贾生因具道所以然之状。至夜半，文帝前席。”

评

纯用议论矣，却以唱叹出之，不见议论之迹。（《玉谿生诗说》）

议论风格俱峻。（《唐人万首绝句选评》）

玉谿绝句，属辞蕴藉，咏史诸作，则持正论，如咏《宫妓》及《涉洛川》《龙池》《北齐》与此诗皆是也。（《诗境浅说续编》）

龙池

龙池赐酒敞云屏，
羯鼓声高众乐停。
夜半宴归宫漏永，
薛王沉醉寿王醒。

注

羯鼓：古代的一种鼓，“破空透远，特异众乐”，南北朝时从西域传入，盛行于唐。

宫漏：滴漏，古代宫中的一种计时器。

评

词微而显，得风人之旨。（《鹤林玉露》）

句意愈精，筋骨愈露。（《诗薮》）

牡丹

锦帏初卷卫夫人，
绣被犹堆越鄂君。
垂手乱翻雕玉佩，
折腰争舞郁金裙。

石家蜡烛何曾剪，
荀令香炉可待熏。
我是梦中传彩笔，
欲书花叶寄朝云。

注

卫夫人：春秋时卫灵公的夫人南子，以美艳著称。
越鄂君：据《说苑》载，鄂君子晳泛舟河中，划桨的越人用歌唱的方式表达对鄂君的喜爱，鄂君被打动，扬起长袖，举绣被覆之。
石家蜡烛：奢侈之典。据《世说新语》载，石崇家生活奢侈，做饭时常以蜡烛当柴烧。
荀令：即荀彧。据说他坐过的席子好几日都会留有香气。
彩笔：指华美的文笔。

评

八句八事，却一气鼓荡，不见用事之迹，绝大神力。（《玉谿生诗说》）
牡丹名作，唐人不下数十百篇，而无出义山右者，唯气盛故也。……此篇生气涌出，自首至尾，毫无用事之迹，而又有细腻熨帖。诗至此，纤悉无遗憾矣。（《李义山诗解》）

细雨

帷飘白玉堂，
簟卷碧牙床。
楚女当时意，
萧萧发彩凉。

注

发彩：形容秀发有光泽。

评

佳在浑成。（《李义山诗集辑评》）

细雨如发，因帐飘簟卷而怀当时之楚女，意自有托也。（《玉谿生诗意》）

日日

日日春光斗日光，
山城斜路杏花香。
几时心绪浑无事，
得及游丝百尺长。

注

游丝百尺：形容春光之荡漾。游丝，飘荡的蛛丝，春天晴日的特征性景象。

评

可知肠已寸断。（《唐诗镜》）

不知佳在何处，却不得以言语易之。（《玉谿生诗笺注》）

花下醉

寻芳不觉醉流霞，
倚树沉眠日已斜。
客散酒醒深夜后，
更持红烛赏残花。

评

含思婉转，措语沉着，晚唐七绝，少有媲者，真集中佳唱也。（《李义山诗辨正》）

人赏我醉，客去独赏，得无座中有拘忌者乎！（《玉谿生诗意》）

诗・九十九

滞雨

滞雨长安夜，
残灯独客愁。
故乡云水地，
归梦不宜秋。

评

大抵说愁雨，皆在不寐时，此偏愁到梦里去。（《李义山诗集笺注》）

反笔甚曲。（《玉谿生诗说》）

运思甚曲，而出以自然，故为高调。（《李义山诗集辑评》）

诗 · 一百

木兰花

洞庭波冷晓侵云，
日日征帆送远人。
几度木兰舟上望，
不知元是此花身。

poetry of Li Shang Yin

李商隐

生平大事记

生平大事记

元和七年——大中十二年

元和九年（814） 三岁

其父罢获嘉令，入浙东幕府。

此后数岁，随父在浙东及浙西生活。

长庆元年（821） 十岁

父卒，奉丧侍母归郑州。

大和元年（827） 十六岁

著《才论》《圣论》（二文今佚），以古文为士大夫所知。

大和三年（829）十八岁

以所业文拜谒令狐楚，楚以其少俊，深礼之，令与诸子同游。是年，令狐楚聘其入幕为巡官。

大和六年（832）二十一岁

应举，为贾悚所斥。其后，入令狐楚太原幕。是年，牛僧孺罢相，出镇淮南。李德裕入为兵部尚书。将为相，李宗闵阻之。

——

大和七年（833）二十二岁

太原府罢，曾归郑州。

后至华州，依华州刺史崔戎。

——

大和八年（834）二十三岁

随崔戎自华州至兖州，掌章奏。

戎卒后，西归郑州。

冬，赴长安。

是年，李德裕出为镇海节度使。

大和九年（835）二十四岁

应举，为崔郸所不取。

时大批朝官被指为李宗闵（牛党）、李德裕（李党）之争而遭贬逐。

开成元年（836）二十五岁

在长安。

令狐楚为兴元尹、山南西道节度使。

令狐绹为左拾遗。

开成二年（837）二十六岁

应举，登进士第，东归省母。

是年冬，令狐楚卒。

开成三年（838）二十七岁

应博学宏词科，未中。

入泾原节度使王茂元幕。

娶王茂元（李党）之女。

因此招令狐绹（牛党）之忌。

开成四年（839）二十八岁

以书判拔萃而始任官职，为秘书省校书郎。

不久，调弘农尉。

开成五年（840）二十九岁

移家长安。

冬，居陈许节度使幕。

是年，李德裕入朝，拜相。

会昌二年（842）三十一岁

居华州周墀幕。

再以书判拔萃，入秘书省为正字。

冬，因母丧居家。

会昌三年（843）三十二岁

在京守母丧。

岳父王元茂卒。

李宗闵贬为湖州刺史。

会昌四年（844）三十三岁

返故乡营葬。自樊南移家永乐。

牛僧孺贬为循州长史。

会昌五年（845）三十四岁

母丧服阙。

是年，武宗下令灭佛，毁佛寺四千六百余区。

会昌六年（846）三十五岁

重官秘书省正字。

子李衮师生。

武宗卒。宣宗即位，罢李德裕为荆南节度使。

是年，白居易卒。

大中元年（847）三十六岁

入桂管观察使郑亚幕。

编订《樊南甲集》。

大中二年（848） 三十七岁

离桂北归，冬至长安，选为盩厔尉。

牛僧孺卒。

大中三年（849） 三十八岁

京兆尹郑涓留其假参军事，专奏章。

后武宁节度使卢弘止辟其入幕为判官，得侍御史。

岁末，抵徐州。

令狐绹拜中书舍人。

李德裕卒。

大中四年（850）三十九岁

随卢弘止至汴州。

大中五年（851）四十岁

卢弘止卒。归京。

妻王氏卒。

以文章干令狐绹，补太学博士。

十月抵梓州，任节度判官。

大中七年（853）四十二岁

在梓州柳仲郢幕。

编订《樊南乙集》。

大中十年（856）四十五岁

随柳仲郢返京。为盐铁推官。

大中十二年（858）四十七岁

罢官，还郑州。

病卒。

图书在版编目（CIP）数据

李商隐诗选 /（唐）李商隐著 . -- 北京：北京联合出版公司，2024. 7. --（何妨自恋）. -- ISBN 978-7-5596-7702-0

Ⅰ. I222.742

中国国家版本馆 CIP 数据核字第 2024W3D909 号

李商隐诗选

作　　者：（唐）李商隐
出 品 人：赵红仕
选题策划：先后出版
策划编辑：朱　笛
责任编辑：牛炜征
特约编辑：王倩慧　李慧佳
装帧设计：吴绮虹

北京联合出版公司出版
（北京市西城区德外大街 83 号楼 9 层　100088）
河北鹏润印刷有限公司印刷　　新华书店经销
字数 65 千字　　889 毫米 × 1194 毫米　　1/32　　插页 20　　7 印张
2024 年 7 月第 1 版　　2024 年 7 月第 1 次印刷
ISBN 978-7-5596-7702-0
定价：99.00 元（全二册）

感月吟风多少事
忍剪凌云一寸心

何妨自恋·李商隐诗选／李清照词选 导读

彭国忠

华东师范大学中文系教授

博士生导师

李商隐自谓“我系本王孙”“阴阴仙李枝”，称自己最疼爱的儿子衮师为“龙种”“凤雏”，女儿为“凤女”，但在他四十余年的生涯中，皇帝走马灯似的换了六个，却没有一个因为同宗同姓而重用他。他这一族，从唐高祖起就衰落不振，祖辈多是担任县令、县尉、州郡僚属一类的地方小官。且曾祖、祖父死得早，父亲也在他九岁时病逝于浙西幕府，祖上的荫庇所剩无几。李商隐想重振家族，便像当时多数读书人一样选择科举道路，期望跻身官宦阶层。

李商隐幼年即“悬头苦学”，“十六能著《才论》《圣论》，以古文出诸公间”（《樊南甲集序》）。

二十六岁时，登进士第，次年应博学宏词科考试，初审已通过，复审时却被中书省某大佬抹去姓名。他没放弃，二十八岁，再应吏部试入选，担任秘书省校书郎，不久出为弘农尉，继续家族宿命。李商隐不甘心重蹈祖辈之路，于三十一岁再次参加吏部书判拔萃试入选，授秘书省正字，但很快因丁母忧而离职。服丧期满后回到朝廷，没几个月，原来的皇帝驾崩，政局再变。即位的宣宗皇帝在位时，李商隐只短暂地在京中任职，多数时间辗转于桂州、徐州、梓州的幕府中。四十五岁回到京城，任盐铁推官，四十七岁罢官回郑州赋闲，不久去世。但坎坷的仕途并没有影响李商隐的政治热情，在他现存的六百多首诗歌中，近六分之一都在直接反映政治，或者以古讽今、暗射现实，比例高于唐代大部分诗人，原因除了来自他作为士大夫的政治意识、责任担当外，恐怕还有他对皇族身份的自我认同。

李商隐一面“老忧王室泣铜驼”，说自己“天荒地变心虽折，若比阳春意未多”（《曲江》），一面直接与间接描写相结合，针砭时弊，反映时事。《行次西郊作一百韵》中描述京畿破败景象，人民无衣无食被迫为盗，是当时藩镇割据、宦官专政之下，朝廷仍然重赋伤民的综合反映。《有感二首》自注云：“乙卯年有感，丙辰年诗成。”即为“甘露之变”而作。《龙池》《骊山有感》《马嵬》等写本朝前事以作殷鉴;《瑶池》《隋宫》《富平少侯》《陈后宫》等借古讽今，皆可见他对政治的关心，对现实的批判，对黑暗和不公的抨击。

对政治高度关注的李商隐具有多方面的才华。他幼年曾跟随一位堂叔学习，这位堂叔虽然隐居不仕，但精通古诗文和书法。入令狐楚幕后，他又学得精湛的属对功夫。这从李商隐日后在诗坛中的地位和评价中也可见一斑，毕竟在诗歌发展一度陷入低谷的晚唐，他是为数不多深谙诗歌美学，追求辞藻和意境的诗人。除此之外，李商隐的音乐才华也惊才绝艳，他在诗歌中运用了大量音乐意象，琴、瑟、琵琶、筝、笛、鼓、弦、管反复出现。在他带有自喻色彩的诗歌《无题》（八岁偷照镜）中，就有“十二学弹筝，银甲不曾卸”之语，可见其很早就与音乐结缘。在《钧天》中，他以黄帝时的乐官伶伦自比，可见他自认精通音律，甚至不比吃这碗饭的人差。他常以音乐寄情，为宽慰生病的朋友，他“敧冠调玉琴”，弹出相传是嵇康所作的《风入松》，又弹一曲《昭君怨》，听者感动而泣，连大雁都不觉低飞（《戏题枢言草阁三十二韵》）。

诗歌与音乐一样，有起伏，有情调，可以表达情绪，抒发心声。他任职弘农尉时，与连襟张申礼寓居官舍，以“危弦伤远道，明镜惜红颜”（《戏赠张书记》）两句，笑言张妻以急管繁弦的琴瑟声表达对张的思念。

李商隐对自己的才华和能力充满信心，他以西汉初年“才调更无伦”的政论家贾谊自居，以“众中赏我赋高唐”的屈原弟子宋玉自居，以“梦中传彩笔”的江淹自居，政治上抱有“凌云一寸心”。

大和三年（829），进入天平军节度使令狐楚幕府任职的李商隐只有十八岁，涉世未深，却由此陷入晚唐政治上最为黑暗的党争之中。令狐楚在宪宗时做过宰相，颇为欣赏李商隐的才华，亲传他写作骈文章奏的方法，又令他与儿子令狐绹同学，李商隐也因令狐楚的推誉在开成二年(837)登进士第。

但不幸的是，令狐楚在那年冬天就去世了，李商隐失去依靠，只有另觅出路。一年多以后，他进入泾原节度使王茂元帐中任幕僚，王茂元也十分欣赏李商隐，并将女儿嫁与了他。然而，牛李两党争斗激烈，王茂元被认为是李党重要人物，李商隐便被牛党视为“放利偷合”“诡薄无行”，而李商隐之前的恩师令狐楚是牛党核心人物，令狐绹也有意疏远他。李商隐博学宏词试被黜落，从秘书省校书郎沦为弘农尉，都有朋党相争的影响。李商隐本无攀附两党、左右逢源之心，甚至在李党失势时说“不惮牵牛妒”而去追随李党郑亚。他又多次向令狐绹辩解、剖析心曲，说自己“锦段知无报，青萍肯见疑”

（《酬别令狐补阙》），还以卓文君自比，说难道“不许文君忆故夫”（《寄蜀客》）吗？只可惜令狐绹不接受他的解释，不肯施以援手，同理，李党更不会帮助他。

皇帝不认李商隐为同宗而重用，牛党、李党也不用他，世人视他为无节操的诡薄之人，就连他引以为傲的交游，“平生有游旧，一一在烟霄”（《秋日晚思》），亦未见有相识之人帮助他，其仕途可想而知。正如他在诗中所言，“东家老女嫁不售”（《无题四首》其四），他就像有才华、有颜值的东家女，本当多家争聘，最终却嫁不出去；又像“青楼有美人，颜色如玫瑰。歌声入青云，所痛无良媒”

（《戏题枢言草阁三十二韵》）的美人，苦无良媒为其引荐。他将这种独特的政治遭际，长期积郁的忧伤、凄凉的内心情感，连带人生无助的幻灭感，在诗歌中表现出来，有的直抒胸臆，有的借历史人物的悲剧命运或美人迟暮的惨淡境遇表达，还有的则以“无题”的形式诉说。

多情才子李商隐以写爱情诗而著称于世。李商隐二十七岁娶王茂元之女，夫妻感情深厚，但他经常外出游幕，二人聚少别多，李商隐常以诗歌表达夫妻别离后的思念之情和寂寥之感，如“远书归梦两悠悠，只有空床敌素秋。阶下青苔与红树，雨中寥落月中愁”（《端居》）。“远书”“归梦”本是弥补现实遗憾的虚空之物，竟也未得成，让人情何以堪。“雨中”“月中”互文见义；“阶下青苔”，见久未出门，亦无人来；“红树”孤独，反衬愁情之烈。在他四十岁时，王氏不幸去世，夫妻阴阳两隔，他又用诗歌表达失去妻子的深哀巨痛：“密锁重关掩绿苔，廊深阁迥此徘徊。先知风起月含晕，尚自露寒花未开。蝙拂帘旌终展转，鼠翻窗网小惊猜。背灯独共余香语，不觉犹歌起夜来。”（《正月崇让宅》）诗人写当日与妻子共同生活的故宅，现在一片荒凉冷落，在夜间静寂景色的细致描写中，恍惚感觉他与妻子共处同一时空，蝙蝠拂动帘幕令人辗转不眠，老鼠触翻床网更让他“惊猜”是不是妻子回来了，背对灯烛独自一人对着妻子的“余香”说话，仿佛其人宛在，不知不觉中哼起当日常唱的《起夜来》曲。这首诗被张采田称为潘岳之后悼亡诗的“绝唱”，真可谓一往情深。

李商隐还有一些爱情诗逸出夫妻之情范围，抒情主人公或男或女，女性身份或是女冠或不确定，可能与诗人十五岁左右玉阳学道以及具体的爱情经历有关，如《嫦娥》《重过圣女祠》等。还有的没有具体爱情故事，亦无抒情对象，如《春雨》《昨日》。诗中表达的可能只是一种爱情体验，或与爱情体验相通的精神、情感心理，呈现空间悬隔、会合成阻的状态，有的甚至相隔不远而可望不可即，传达的是一种追求而不得的执着、痛苦，真挚深婉，有《诗经·秦风·蒹葭》之凄美。李商隐的爱情诗，多寄寓诗人的身世之感，他对社会、环境的独特感受，与人生追求和政治苦闷相通，具有普遍意义。

除了缠绵悱恻的抒情诗，李商隐还创作了大量咏物诗，其所咏之物，植物有李花、杏花、桃、石榴、樱桃、荷花、笋、松、柳、紫薇、牡丹、槿花、白菊、木兰花、野菊、梅花等，动物有燕、蝶、鸳鸯、孔雀、蝉、鹅、流萤、蜂之类，静物有镜、云、雪、雨、风、乱石、筝、屏风、月，等等。有些物一咏再咏，如咏柳，有《关门柳》《柳》《巴江柳》《垂柳》，写雨有《雨》《细雨》《微雨》。有的咏物诗寄寓明确，如“出众木”的高松，具有“雅韵”与“幽姿”，虽身处天涯，但自信将来会被当作“上药”相访相待（《高松》），看似说松，实乃诗人自寓；而写乱石如虎踞龙蹲，纵横碍路，使阮籍这样的人“恸哭而返”，显然是恶黑势力之象征（《乱石》）。此外，流莺“巧啭岂能无本意”，秋蝉“高难饱”而“恨费声”，梅花早秀而恨不及春等，寓意亦大体可见，诗人之人格、品性、身世怀抱、人生遭际亦可意会而得。

还有一些咏物诗，诗人以多个意象创设审美意境，虚实相生，具有独特的艺术魅力。如《回中牡丹为雨所败二首》，有具体时间、地点、事件：春天一个下着雨的傍晚，在秦代旧回中宫水亭边，牡丹花被雨水败落，这些意象构成一个基本情境。再加上明确而外化的情感——惆怅、忧愁，诗人笔触由眼前的牡丹花，写到其往年下苑的风流；由眼前之春寒雨寒，写到丝罗织成的席褥之香暖；由雨中花落写到蝴蝶殷勤收守及昔日章台街里的芳菲伴；再对比牡丹的“先期零落”与榴花的“不及春”，创设出雨点击打牡丹犹如玉盘迸泪、锦瑟急弦的景象，写牡丹眼下遭遇万里重阴之高压，远非昔日于曲江池苑旧圃之时，一年生机葬于尘泥流走，它在风雨中摇曳的姿态，仿佛前溪乐舞的舞步翩跹，今后前途更不得知。这两首诗内涵丰富，诗人从不同视角写就，很难作出单一性的旨意判断，题目揭示得很明确，好像略无余味，内里情感却颇为复杂，诗旨也众说纷纭。但哀伤凄艳的风格，借物喻己的手法，还是不难读出的。

李商隐一生仕途坎坷，怀才不遇，事业上起起伏伏，爱情上也终究没与妻子长相厮守，他内心的煎熬与孤寂鲜有人懂。但好在，诗歌从未抛弃过他，王安石论其“唐人知学老杜而得其藩篱者，惟义山一人而已”；清代冯浩称“晚唐以李义山为巨擘，余取而诵之，爱其设采繁艳，吐韵铿锵，结体森密，而旨趣之遥，深者未窥焉”（《玉谿生诗集笺注序》）；翁方纲称其“微婉顿挫，使人荡气回肠”

（《石洲诗话》）。李商隐诗歌律绝古各体兼工，艺术成就尤为后世称重，在诗歌中善于锤炼，喜用典故，与李白、李贺并称为“诗家三李”。

李清照，号易安居士，出身书香门第，幼时便受到良好的文化教育。周文矩画《苏若兰话别会合图卷》后有李清照小楷所书《织锦回文》诗，又载李清照所画竹石，并评论“古来闺秀工丹青者，例乏丰姿”，而李清照与赵孟頫夫人管道升之画则“无忝于士气也”，可知李清照书法、绘画皆精。

李清照父亲李格非为熙宁九年（1076）进士，官至礼部员外郎。他与廖正一、李禧、董荣被称为苏门“后四学士”。李清照生母是丞相王珪长女，早逝；继母为吏部尚书王拱辰孙女，善文。

李清照十八岁嫁与太学生赵明诚。赵明诚为右丞相赵挺之子，历鸿胪少卿，知莱州、淄州、江宁府等。赵明诚自幼爱好金石，婚后夫妻二人志同道合，潜心金石字画的搜集与研究。赵挺之去世后，李清照夫妻回到青州，屏居乡里，筑“归来堂”贮藏金石图书，整理题签，最终撰成《金石录》三十卷。

建炎三年（1129），赵明诚卒于建康。李清照办完丧事后大病，遣赵明诚两个故吏带二万卷图书、二千卷金石刻及器皿茵褥等物，投洪州赵明诚妹夫兵部侍郎李擢。数月后，金兵攻陷洪州，寄存李擢处的图书金石散为云烟。之后李清照携家中铜器追随皇帝南下，辗转至台州、剡州、睦州等地，雇舟入海，在明州（今浙江宁波）时，书画散落于当地故家，再至会稽，卜居钟氏家，书画砚墨等被人穿穴盗去五筐。

绍兴二年（1132）九月，李清照至临安，再嫁右承奉郎监诸军审计司张汝舟。其为人“市侩”，觊觎李清照所藏金石，且“日加殴击”。婚后百日，李清照提出诉讼，得到赵明诚姑表兄弟、翰林学士綦崇礼的帮助，成功离婚。在宋代，离婚者不乏其人，无碍人品，亦有诏可循。早在熙宁十年（1077），宋神宗即颁布与宗室婚姻相关的诏令，允许宗室女子离婚改嫁，普通女性限制更少。因而李清照改嫁之事，及宋人王灼所评“作长短句能曲折尽人意，轻巧尖新，姿态百出，闾巷荒淫之语，肆意落笔，自古缙绅之家能文妇女，未见如此无顾藉”，不能视作李清照在行为上的反理学，也不能视作王灼从理学立场批评李清照。离婚后，李清照撰成《金石录后序》，回顾与赵明诚结婚后夫妻共同搜集金石字画之甘苦，及丈夫去世后自己独自守护、辗转避难之艰辛。

此后，李清照一度避兵金华。其间曾携带米芾真迹二幅访其子米友仁，米友仁为之作跋，时李清照已六十六七岁。又据陆游《夫人孙氏墓志铭》载，“夫人幼有淑质，故赵建康明诚之配李氏，以文辞名家，欲以其学传夫人，时夫人始十余岁，谢不可”，由孙夫人生卒年推算，当知李清照意欲收她为徒时大约七十岁。这是其最后事迹。

李清照生活在北宋末南宋初，彼时，欧阳修的诗文革新运动已经结束，苏轼的“以诗为词”理论也得到了推广，在欧、苏二人革新成果的加持下，李清照诗、文、词兼善，且尤以词著称，存世作品虽然不多，但各有特色。

李清照的诗，值得关注的是与时事相关的内容。建炎三年，她同刚被罢官的赵明诚一起，乘舟由芜湖经过乌江，见项羽祠，作《乌江》（一作《夏日绝句》），“生当作人杰，死亦为鬼雄”固然成为数千年间称赞项羽最著名的诗句，然“至今思项羽，不肯过江东”更含有作者对金人入侵、宋室被迫南渡的思考。绍兴三年（1133），韩肖胄、胡松年充金国军前通问使，李清照有《上枢密韩公工部尚书胡公》古诗、律诗各一首，表达自己对国事的看法及忧虑。她认为“夷虏从来性虎狼”，希望朝廷抛却和盟幻想，早做准备；“子孙南渡今几年，飘零遂与流人伍。欲将血泪寄山河，去洒东山一抔土”，可与项羽不过江东对读；“但说帝心怜赤子，须知天意念苍生。圣君大信明如日，长乱何须在屡盟”，更是希望皇帝以天下苍生为念，志在收复失地，切勿不断和盟。她写下的残句“南渡衣冠欠王导，北来消息少刘琨”“南游尚怯吴江冷，北狩应被易水寒”，也含有时事之思。

李清照作为北人南来，经历国破家亡之大恸，对宋金和战、南北分裂的局势，比苟安于行在的新贵们感受更深，看得更透。绍兴十三年（1143），李清照因有亲戚为“内命妇”，于端午节进帖子，分撰《皇帝阁》《皇后阁》《夫人阁》等多首，其中“侧闻行殿帐，多集上书囊”，用汉文帝集上书囊作殿帷的典故，提倡节俭；“便面天题字，歌头御赐名”，表面称赞夫人得到皇帝重视，但暗寓宠幸太过之意。据说秦桧之兄秦梓时为翰林学士，见到李清照所进帖子，“恶之”。

李清照的文，著名的有《金石录后序》，是为赵明诚《金石录》所作后序；《投翰林学士綦崇礼启》，是为与张汝舟离婚致书綦崇礼陈情、请其助力之作；《祭赵湖州文》祭悼赵明诚，也为人传诵。此外，值得关注的有《打马赋》《打马图序》等一组博戏文字。

《打马图序》称："今年冬十月朔，闻淮上警报。易安居士亦自临安溯流，涉严滩之险，抵金华，卜居陈氏第。"末署"时绍兴四年十一月二十四日"，知系李清照绍兴四年（1134）避兵金华时所作。打马博戏不仅是李清照经历家国惨变后打发时光的消遣，更被她当作思路通慧和致力专精的表现。她将博戏通于道、通于理，甚至通于事、通于人生，认为慧而专精，"皆臻至理"，有些人不但"学圣人"学不到"圣处"，就连"嬉戏之事"也只学得

“依稀仿佛”而止。她比较各种博戏，论及长行、叶子、弹棋、打揭、藏酒、大小象戏、弈棋、采选、打马种种，从中照见李清照对博戏之慧智、高雅、文采的多种追求，她作打马图、赋、辞，更有着“使千万世后，知命辞打马，始自易安居士也”的意识，与千古以来文人名山事业的观念一致。

《打马赋》中，李清照铺陈光武帝于昆阳击败王莽、黄帝于涿鹿之野擒杀蚩尤、桓温伐蜀、谢安于淝水大败苻坚等经典战事，以及历史上善骑、名马之典故，打马博戏成了展现嗜好博戏的名人英姿、名马风采的载体。最后以“今日岂无元子，明时不乏安石”作结，意在告诉南宋朝廷，现在不缺少桓温、谢安这样的人物，只要懂得尊贤用能，则击败南侵之金兵有望。在“辞”的部分，“佛狸定见卯年死”一句引用《宋书》中“虏马饮江水，佛狸死卯年”的童谣，表达必败强敌的信念。这与其诗歌中的时事关怀高度一致。

在两宋词人中，李清照是难得的既能创作又能批评的作家，她的《词论》和她的词作一样著名。《词论》最大的价值在于提出了词“别是一家”的观点，从而在理论上确立了词体的独特地位。她在论中说道，“诗文分平侧，而歌词分五音，又分五声，又分六律，又分清浊轻重”，强调词的音乐性与可歌性，声、诗（文辞）并重，她推许晏几道、贺铸、秦观、黄庭坚四人为知晓“诗词之别”的词家，并讨论了词调的声韵问题。除此之外，李清照对南唐中主李璟和冯延巳，以及在她之前的宋词名家柳永、张先、晏殊、欧阳修等人一一评论，指出他们词作的不足。如晏元献、欧阳永叔、苏子瞻虽“学际天人”，作词“直如酌蠡水于大海”，但“皆句读不葺之诗尔，又往往不协音律者”；王安石、曾巩则“文章似西汉，若作一小歌词，则人必绝倒，不可读也”；晏几道词“苦无铺叙”，贺铸词“苦少典重”，秦观词“专主情致，而少故实，譬如贫家美女，虽极妍丽丰逸，而终乏富贵态”；黄庭坚词虽然“尚故实，而多疵病，譬如良玉有瑕，价自减半矣”。

李清照的词，仅存五六十首，但脍炙人口的名篇多，皆个性鲜明，造语明白流畅，情思委婉深微，构思新颖，所谓“词尤婉丽，往往出人意表”（《萍州可谈》），“用浅俗之语，发清新之思”（《金粟词话》），“以寻常语度入音律”（《贵耳集》）。李清照词的这种独特风格，在词学史被称为“易安体”，南宋辛弃疾已有“博山道中效李易安体”之说。

明代张綖论词分豪放、婉约二派，婉约派即以李清照为宗。明代杨慎评道：“宋人中填词，李易安亦称冠绝。使在衣冠，当与秦七黄九争雄，不独雄于闺阁也。”足可见李清照“风神气格，冠绝一时”的词格与“不徒俯视巾帼，直欲压倒须眉”的品格。

试灯
无意思
踏雪
没心情